KB274758

하프라인

하프라인
김경해 장편소설
(주)자음과모음

차 례

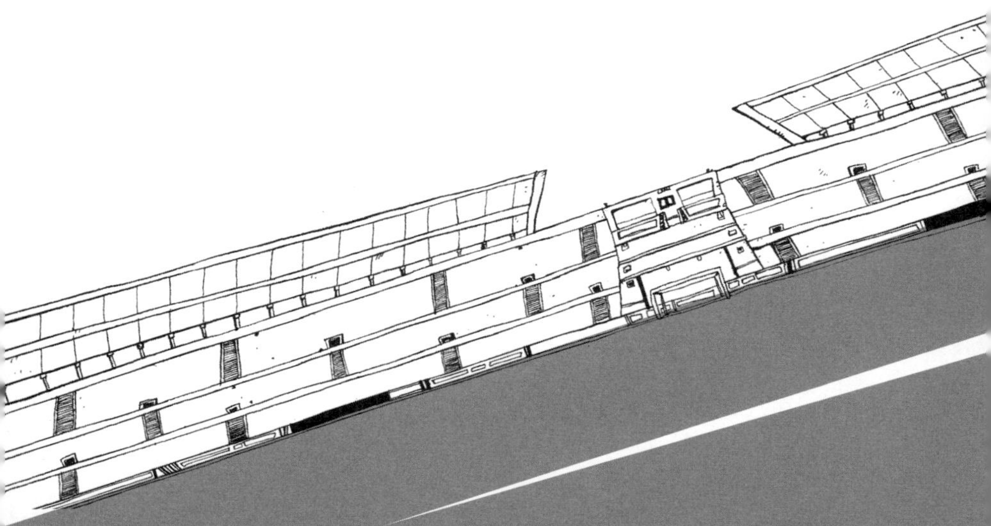

★

축구는 인간의 가장 위대한 미덕을 표현한다.
축구는 단순히 시간을 보내기 위한 운동이 아니다.
축구는 인간의 훌륭한 자질을 일깨운다.
지능 개발, 임기응변 능력, 용기, 결단력, 지구력,
이러한 미덕들을 모든 청소년에게 전파하는 것이다.

– 에르네스토 사바토(소설가, 열렬한 축구팬)

★

집단 도망

"와아."

앙리란 놈이 골을 처넣고는 손가락을 치켜들고 껑충껑충 뛰었다. 우리는 벌써 세 골이나 먹었다. 화가 나서 목소리 끝이 갈라지도록 소리치던 파리 감독님은 팔짱을 긴 채 가만히 서 있었다. 폭풍전야의 고요였다.

"이 새끼들이 미쳤나?"

돼지 코치님이 소리쳤다.

"그딴 식으로 할 거야? 끝나고 보자."

주장, 땅콩 형이 수비수 슈렉한테 눈을 부라렸다. 슈렉이 불쌍했다. 처음으로 형들 게임에 들어간다고 좋아했는데, 오늘 게임을 완전히 말아먹었다. 하필 우리의 상대는 전국 최강의 팀이었다. 작년에 우승을 세 번씩이나 했다. 거기다 체격도 좋았다. 평균 신장 백팔십 센티미터. 그리고 앙리란 별명을 가진 센터포드가 있었다. 검은 얼굴, 두꺼운 입술, 툭 튀어나온 엉덩이. 프랑스의 앙리처럼 타고난 골 감각, 스피드, 파워를 자랑하진 않지만 수비수 사이를 잘 파고들었다. 지금처럼 골을 잘 처넣었다.

“야, 잘라!”

땅콩이 소리쳤다. 센터포드 현수가 패스해준 공을 내가 받으려는 순간이었다. 언제 내려왔는지 앙리란 놈이 쏙 가로채서 치고 달렸다. 나는 죽을힘을 다해 달렸다. 앞으로 나와서 양팔을 벌리며 위협하던 슈렉의 몸짓도 소용없었다. 슈렉은 앙리를 또 놓쳤다. 앙리는 또 골을 때려넣었다.

“뭐 하는 거야?”

돼지 코치님의 화난 목소리가 들렸다. 나 때문에 한 골을 먹었다. 골을 넣기는커녕 되레 먹히게 만들었다. 어디로 도망치고 싶었다. 슬쩍 감독님을 쳐다봤다. 그때, 감독님은 뒤로 돌아섰다. 그리고 코치님을 불렀다. 코치님은 자기가 잘못해서 골을 먹은 것처럼 감독님 앞에서 고개를 푹 숙였다.

나와 같은 이학년인 슈렉은 스타팅 멤버로 들어가는 나를 항상 부러움과 질투가 섞인 눈으로 쳐다봤다. 슈렉은 비로소 형들 시합에 뛴다는 게 어떤 건지 절실히 느꼈을 것이다.

"그래, 계속 치고 가!"

골을 많이 넣었는데도 계속 소리를 지르는 저쪽 감독님의 배가 욕심만큼이나 튀어나왔다. 앙리는 지치지도 않고 계속 골대로 뛰어들었다. 슈렉의 데뷔전이자 제삿날이었다.

"안 돼!"

슈렉은 소리를 지르며 골대를 향하는 공을 발로 걷어찼다. 공은 골대 안으로 들어갔다. 슈렉은 무릎을 꿇고 주저앉았다. 자살골을 넣었다고 눈물을 흘릴 슈렉은 아니었지만 걱정이 됐다. 나는 또 슬쩍 감독님을 쳐다봤다. 파리 감독님은 아예 고개를 돌렸다. 그리고 천천히 걷기 시작했다. 그대로 운동장으로 뛰어 들어와 우리들의 뺨을, 아니 슈렉의 귀싸대기를 갈길까봐 겁이 났다. 차라리 빨리 시합이 끝나기를 기다렸다.

"그것도 축구라고 하냐? 다 때려치워. 짐 싸서 가버려. 일찌감치 그만두는 게 낫다. 어휴, 이 새끼들을 그냥……."

시합이 끝난 후에도 돼지 코치님의 화는 가라앉지 않았다. 돼지처럼 먹는 것만 좋아하고 아무 생각 없이 살고, 연습 경기에 졌을 때도 그냥 넘어가던 돼지 코치님이었다.

"야, 하루 세 끼 똑같이 밥 처먹고 공만 차는데, 그것밖에 못해? 걔네가 무슨 대학 팀이야? 너희하고 같은 고등학생이잖아. 쪽팔리지도 않아? 그래, 골 처먹을 수도 있어. 왜 한 골도 못 넣는데?”

그 순간, 돼지 코치님의 사나운 눈초리가 내게도 잠깐 스치고 지나갔다. 코치님은 한심스러워 한마디도 하고 싶지 않다는 듯 고개를 휙 돌리고 돌아섰다. 그런 말, 한두 번 들어본 것도 아니었다. 너무 오랫동안 들어와서 무감각해질 만한데, 기분은 좀 그랬다. 형들은 고개를 푹 숙인 채 아무 말도 없었다.

목이 탔지만 물도 못 먹고 버스에 탔다. 싸늘한 냉기가 가득 찬 버스는 정적 그 자체였다. 하필 빈자리가 땅콩 옆뿐이었다. 나는 땅콩 형 옆에 다소곳이 앉았다. 최대한 몸을 바깥쪽으로 구부렸다. 그때였다.

“뿡, 뿡 뿡, 뿡”

요란한 방귀 소리와 함께 지독한 냄새가 진동했다. 모두들 코를 막았다.

“누구야?”

땅콩은 자리에서 일어나 뒤를 돌아봤다.

“슈렉.”

땅콩은 손가락으로 슈렉을 가리켰다.

“아, 아녜요.”

“뭐가 아냐? 이 똥 냄새가 어디 한두 번이야?”

여기저기서 웃음이 터졌다.

"그래, 좋기도 하겠다. 학교 가서 보자."

슈렉, 제대로 걸렸다. 얼굴이 크고 인상이 더럽다는 이유로 슈렉이란 별명을 지어준 형들은 슈렉을 잡아먹고 말겠다는 결연한 의지의 눈빛을 교환했다. 나도 무사하긴 힘들 것이다.

*

"돌아."

돼지 코치님은 그 말만 남긴 채 숙소로 돌아갔다. 우리는 한 바퀴도 빼먹지 않고 운동장 서른 바퀴를 다 돌았다. 분명 돼지바를 빨면서 일반 학생에게도 아이스크림 하나 사주고 우리를 감시했을 것이다. 우리도 한두 번 당하는 게 아니라서 차라리 한 번에 깔끔하게 끝내는 게 나았다.

"집합."

드디어, 형들의 명령이 떨어졌다. 숨을 헐떡이며 대자로 뻗어 있는데 쉴 틈도 주지 않고 기합을 주는 형들은 악마였다. 감독님이나 코치님한테 받은 스트레스를 후배들에게 푸는 건 당연했다. 그 정도는 받아줄 수 있었다.

"박어."

명령은 언제나 간단명료했다. 머리박기를 하다가 조금이라도 비틀거리면 바로 발이 날아왔다. 연습 경기에 들어갔던 우리 이학년 멤버는 중간중간에 더 얻어터졌다.

"연습 경기에 퇴장도 없는데 뒤에서 걸어야 할 거 아냐?"

"힘 뒀다 뭐해? 슬쩍 밀어버리지."

"슈렉, 이 무식한 놈아, 대가리 좀 써라."

"나 같으면 담가버리겠다. 계속 뚫려서 골 먹는데 그걸 그냥 두냐? 존심도 없어?"

옆에 있는 슈렉은 질질 짜고 있었다. 덩치는 산처럼 커다랗지만 욕 얻어먹을 땐 꼭 눈물을 보여서 더 맞았다.

"너, 머리가 곱슬곱슬해서 뇌도 돌아갔냐? 아주 골을 넣게 만들어주더만."

드디어 내 차례가 됐다.

"앙리, 그놈 전국 랭킹 일 위라며? 너하고 같은 학년이지? 넌 랭킹 몇 위냐?"

랭킹은커녕 겨우 형들 경기에 뛰고 있는데……. 공격수 형들이 장기간 부상으로 자리가 비워 있었던 것뿐이다.

"랭킹 몇 위냐고? 왜 대답을 안 해?"

옆구리로 발이 날아와서 그대로 꼬꾸라졌다.

"씨발"

옆에 있던 슈렉의 입에서 튀어나왔다.

"뭐? 씨발? 일어나!"

드디어 슈렉, 제대로 맞기 시작했다. 다른 아이들은 시합에 들어가지도 못했는데 벌까지 받으니까 억울해서 더 열이 받았다.

*

"야, 우리 도망치자."

형들이 들어가자 누군가 말했다.

"지들이 뭔데? 뭐, 축구나 잘해? 오늘 봤지?"

"그러는 자기네는 대회만 나갔다 하면 예선빵하면서 뭔 말이 많은 건지."

"우리보다 못하면서 어디다 꼬장이야? 우리가 도망가야 자기들 때문에 그런 거 감독님이 알 거 아냐. 그래야 다음부터 안 그럴 거 아냐?"

찬노가 말했다.

"그래, 도망가자."

너무 맞아서 제정신이 아닌 것 같은 슈렉이 말했다.

"안 돼. 나중에 어떻게 하려고 그래?"

키가 백구십이나 되는 민혁이가 강력하게 반대했다. 현수는 언제나 그렇듯이 별 말이 없었다.

"그래, 가자."

나는 얌전히 숙소에 있고 싶지 않았다.

고등학교 이학년, 십팔 세. 지금쯤이면 뭔가 싹이 보여야 했다. 그놈, 앙리처럼. 검게 그을린 투박한 얼굴의 그놈은 항상 입을 헤벌리고 있어서 덜떨어져 보였지만 경기장에서 공을 가지고 뛸 땐 포스가 났다. 생긴 건 밥맛없지만 벌써 축구 명문인 K대학에 스카우트 됐고, 어쩌면 졸업 후 바로 프로로 갈지도 모른다는 소문이 있었다.

그런데 나는…….

겨우 형들 시합에 뛰는 거 가지고 으스댈 일이 아니었다.

나도 속상해 죽겠는데 형들까지 나서지 않았으면 좋겠다. 경기 때마다 이러면 정말 미쳐버릴 것 같았다.

"아, 씨발. 난 축구화 끈도 풀어보지 못했는데 왜 맞냐고?"

경기에 들어가지 못한 철호가 씩씩거렸다. 경기를 잘 못해서 자존심이 상하고, 경기에 들어가지 못해서 기분이 나쁘고, 형들한테 깨져서 성질이 난 우리는 한마음이 됐다.

민혁이를 뺀 우리 모두는 도망치기로 했다. 민혁이는 자기는 빠지겠다고 말하고 가버렸다.

사실 삼학년이 되기 전, 한 번씩 도망쳤다 잡혀오는 게 연례행사처럼 이어졌다. 혼자가 아니라 모두 함께 행동하고 며칠간뿐이라서 별문제 없이 넘어가곤 했다. 일종의 통과의례였다. 물론 엉덩이에 빠따를 맞는 것은 감수해야 했다. 나는 아무것도 하고 싶지 않았고 쉬고 싶었다. 그래서 찬성에 한 표를 던졌다.

저녁 먹을 때, 다른 날보다 유난히 조용했다. 거사를 치르기 직전의 숙연함이 맴돌았다. 짐을 싼 가방은 각자 몰래 숨겨뒀다. 형들은 언제 야단을 맞았느냐는 듯 바보처럼 낄낄대며 헬스장으로 갔다. 밥만 먹으면 텔레비전을 보면서 잠자던 돼지 코치님이 웬일인지 형들과 함께 나가서 다행이었다.

"빨리 꺼내!"

우리는 코치님의 책상 서랍에서 서둘러 자기 핸드폰을 빼냈다. 원래는 저녁에 반납했다가 아침에 돌려받았지만 코치님의 기분에 따라서 달라졌다. 경기에 지면 외박 나갈 때도 주지 않았다.

"핸드폰 다 꺼둬야 돼. 이제부터 아무도 받으면 안 돼!"

각자 용돈을 찾아서 터미널 광장에 모인 우리는 여행이라도 가는 것처럼 들떴다. 딱 일주일만 있다가 들어가기로 하고 시외버스에 올라탔다. 철호 아버지가 제부도에 컨테이너 박스를 가지고 있다고 했다. 그 안에 웬만한 살림살이가 있어서 잠도 자고 밥도 해 먹을 수 있어서 돈이 별로 들지 않을 거라고도 했다.

"거기 있으면 아무도 찾아내지 못할 거야."

매점에서 산 아이스크림을 빨며 우리는 오랜만에 자유를 만끽했다. 나는 엠피스리 이어폰을 귀에 꽂은 채, 버스 창밖을 바라보다 눈을 감았다.

*

시꺼먼 갯벌을 보자 막막했다. 컨테이너 박스는 어디쯤에 있는지 짐작할 수 없었다. 앞은 끝없이 이어진 바다, 오른쪽으로는 나무가 우거진 산, 왼편으로는 모텔과 음식점 등이 있었다.

"어딘지 잘 모르겠어. 밤이라서 전혀 모르겠는데. 전화로 물어볼 수도 없고."

여기까지 데려온 철호는 미안해했다.

"운동 삼아 다니면서 찾아보자."

"나와서까지 운동 타령이냐? 일주일 동안 재밌게 놀고 푹 쉬었다 가자."

"일단 방 얻어서 들어가자."

"너무 힘들다. 춥고 배고프고."

일단 하룻밤 자고 일어나서 컨테이너 박스를 찾기로 했다. 방값이 비쌌다. 열 명이 다 잘 수 있을 만큼 크긴 했지만 우리가 어리바리해 보였는지 칠만 원이나 받았다.

"딴 데 가면 이런 큰 방 없어. 학생들 같으니까 그나마 싸게 해주는 거야.”

시큼한 냄새가 나는 방을 보여주면서 뚱뚱한 아줌마는 생색을 냈다. 우리가 집보다 모텔에서 더 많이 잠을 자는 처지라는 걸 아줌마는 몰랐다.

“우리 뭐 먹자.”

슈렉이 방에 들어가서 앉기도 전에 말했다. 다른 놈들은 벌써 이불을 바닥에 던져놓고 누웠다.

“누가 사러 가?”

심부름 시킬 딱갈이도 없고, 다들 너무 지쳐 있었다.

“내가 사올게, 대신 나는 돈 안 낸다.”

슈렉이 억울하다는 듯이 말했다. 우리는 선선히 슈렉에게 돈을 모아주었다. 슈렉이 나간 뒤 우리는 그대로 널브러져 있었다. 벌써 코 고는 소리도 들렸다. 다른 건 다 괜찮은데 엄마와 아버지한테는 미안했다. 부모님을 걱정시키고 싶지 않았다. 앙리 같은 아들이 돼주고 싶었다.

“큰일 났어!”

벌컥 문을 열고 들어온 슈렉이 소리쳤다.

“왜?”

선잠에서 깬 우리는 슈렉을 쳐다봤다.

“파리 감독님 왔어!”

"진짜?"

있을 수 없는 일이었다. 슈렉은 숨을 몰아쉬며 고개를 끄덕였다.

"어디서 봤어?"

나는 슈렉을 다그쳤다.

"차, 감독님 차, 봤어!"

"야, 똑같은 차가 얼마나 많은데. 번호 봤어?"

찬노가 못마땅한 표정으로 말했다.

"차 안에 있는 사람이 분명 파리 감독님이라니까."

슈렉이 양손으로 날갯짓을 하며 윙윙거리는 시늉을 했다. 감독님이 나타나면 우리는 그렇게 서로에게 신호를 보냈다.

"아냐. 잘못 봤을 거야. 어떻게 여길 와? 그것도 이렇게 금방. 뭐 사왔어? 얼른 먹기나 하자."

우리는 언제나 약간 멍청한 슈렉의 말을 믿지 않았다. 그래서 컵라면을 먹고, 초코파이 한 상자를 비우고, 페트병 콜라를 돌려가며 마셨다.

"지가 엄청 잘하는 줄 안다니까."

"아까 봤지? 가랑이 사이로 알 먹는 거."

우리는 따뜻한 방에서 누운 채로 형들을 까기 시작했다.

"왜 그렇게 가오를 잡는 거야? 폼도 안 나면서."

"야, 여친 만난다고 백구두 사 신은 거 봤어?"

"진짜 무식해. 주장 완장에 새겨진 C가 캡틴의 C인지도 모른다니까."

"한자로 부가 아버지인지 엄마인지도 모른다니까."

"그리고 너무 치사하지 않아? 우리 머리박기 시켜놓고 지는 자는 거야. 그리고 몰래 와서 뒤에서 지켜보고."

"걱정 마. 내가 복수했어. 그날 사과 닦아오라고 해서 변기통 물로 씻어줬어."

"와우!"

우리는 소리내어 웃었다.

"우리…… 잘리지 않겠지?"

웃음 뒤에 갑자기 누군가 말을 꺼내자 잠깐의 침묵이 흘렀다.

"괜찮아. 우릴 뭐 한꺼번에 다 자를 수도 없고."

"한 명 남았잖아."

모범생 민혁이도 숙소에서 마음은 편치 않을 것이다.

"그래, 혼자만 살겠다고?"

아버지가 마을버스 기사인 민혁이는 엄마가 없다. 어릴 때 돌아가셨다고 했다. 좋은 체격 조건과 성실함으로 감독님의 총애를 받았다.

"너희들 앞으로 민혁이 새끼한테 말도 걸지 마!"

갑자기 분위기가 침울해졌다.

"야, 이거 알아?"

슈렉이 흰 봉투를 흔들었다.

"땅콩 자리에 떨어져 있길래 몰래 주워왔지. 연애편지인가봐."

"빨리 읽어봐!"

우리는 소리쳤다.

니들 선생님한테 손바닥 맞고 아프다고 징징거릴 때 우리는 연습 경기에서 졌다는 이유 하나만으로 흙 묻은 발로 밟혀가며 빠따 맞아도 아프단 소리 한 번 못했다.

니들 기분 안 좋다고 술 한잔 먹을 때 못난 아들 때문에 고생하시는 부모님 생각에 눈물 마시며 반드시 성공하겠다고 목표를 두고 참았다.

니들 음악 듣고 맛있는 음식 먹어가며 공부할 때 우리는 전국대회를 위해 비가 오나 눈이 오나 운동했다. 공부는 이 등, 삼 등도 알아주지만 운동 세계에선 이 등이란 존재하지 않는다.

니들 반찬 제대로 안 해준다고 투정부릴 때 우리는 반찬 모자라 간장에 밥 비벼 먹었다.

니들 저녁에 통닭에, 피자에 배터지게 먹어댈 때 우리는 선배가 먹다 남은 라면 국물에 밥 말아먹으며 행복해 했다.

니들 학교 끝나고 삼삼오오 모여 피시방 갈 때 우리는 다 같이 모여 기합받았고, 니들 교실에서 웃고 떠들며 공부할 때 우리는 울고 또 울며 운동했다.

니들 여자친구 만날 때 우리는 나가서 개인 운동하고, 니들 휴대폰 만질 때 우리는 축구화 손질했다.

니들 여름방학 맞아 좋다고 물가 놀러갈 때 우리는 땡볕에서 물 한 모금 먹지 못하고 맞아가며 운동하고, 니들 겨울방학 때 춥다고 이불 덮고 텔레비전 볼 때 우리는 옷 껴입고 운동장에 내린 눈 치우며 운동했다.

니들은 가족과 함께 있는 시간이 많아 가족과 함께하는 시간을 대수롭지 않게 생각하지만 우리는 가족과 함께 마주 앉아 있는 시간을 간절히 바라며 휴가 날만 좆빠지게 기다린다.

니들 노는 날에 학교 안 간다고 좋아할 때 우리는 운동 시간 다가와 긴장하며 시계만 보고, 니들 맘만 먹으면 가는 피시방, 당구장, 노래방 우리는 오만가지 거짓말 다 해야만 갈 수 있다.

니들은 학교 끝나면 자유롭지만 우리는 삼백육십오일 대부분을 감옥 같은 숙소에서 먹고, 자고, 운동하는 반복되는 생활 속에 온갖 구타와 싫은 소리 들어가며 구속돼야만 한다.

니들은 남자라면 군대 가야 된다며 군대 빠지는 놈을 욕하지만 우리는 군대 가게 되면 인생 끝나기 때문에 어떻게든 군대 안 가려고 어깨 빼고, 허리 째고, 무릎 째고 심지어 손가락도 자른다.

니들은 우리보고 공 차는 거 말고 할 줄 아는 거 하나 없는 쓸모없는 인간이라 손가락질하며 욕하지만 알고 보면 니들보다 생각 많고 남을 배려할 줄 알며, 베풀 줄 아는 철든 놈들이다.

슈렉이 다 읽었을 때, 나는 눈을 감고 있었다. 누군가 불을 껐다. 누구를 탓할 수 없다. 결국 내 의지대로 여기까지 왔다. 축구를 하겠다고, 축구선수가 되겠다고 했던 건 나였다.

내 인생의 황금기

나는 수업이 끝나면 언제나 운동장에서 아이들과 공을 찼다. 가방과 실내화 주머니를 한쪽 구석에 던져둔 채, 편을 갈라 축구를 했다. 축구는 배우지 않고도 누구나 할 수 있었다. 특별한 기술도 필요 없었다. 그저 달릴 수만 있으면 되고, 다른 장비 필요 없이 공 하나면 충분했다. 몹시 경제적인 운동이었다.

내가 다니던 초등학교에는 축구부가 없었다. 나는 쉬는 시간이나 수업이 끝나고 잠깐씩 공을 차는 것만으로는 부족했다. 인터넷을 뒤졌다. 다행히 집에서 다닐 수 있는 축구클럽이 있었다. 버스를 타고 한 시간 정도 가야 했다. 처음엔 아무도 모르게 다녔다. 그러다 집으로 돌아오는 버스에서 잠이 들었다. 잠이 깨서 보니까 전혀 모르는 곳이었다. 엄마와 아버지가 함께 날 데리러왔다. 나는 야단맞을까봐 겁을 집어먹고 간신히 말했다.

엄마와 아버지의 반응은 의외였다. 사춘기 소년은 운동장에서 땀을 흘리고 뛰어다니며 몸 안의 기운을 발산해야 한다고 했다.

"남자가 취미로 운동 하나쯤은 해도 되지."

아버지는 대견해했다.

"축구한다고 공부 안 하면 그만두게 할 거야."

엄마가 협박했지만 난 이미 축구에 인생을 걸고 싶어졌다.

축구클럽에서 연습 경기하러 처음으로 잔디 구장에 간 그날은 몹시 감격스러웠다.

"와!"

나는 촌스럽게 소리를 질렀다. 초록의 잔디 구장은 보는 것만으로도 몸이 싱싱해지고, 맨발로 들어가면 발바닥이 온통 초록색으로 물들 것 같았다. 맨땅인 학교운동장하고는 차원이 달랐다. 더구나 등번호가 새겨진 유니폼과 스타킹까지 신었다. 이제 진짜 축구 선수가 된 것 같았다. 더 신나는 것은 센터포드로 뛰던 놈이 엄마의 반대로 그만두어서 내가 뛸 수 있게 된 것이다.

"너, 재수 좋다."

미드필더인 찬노란 놈이 시비조로 말했다. 알고 보니 우리 클럽의 금목걸이 감독님 아들이었다. 감독님이 목에 두꺼운 금목걸이를 하고 있어서 다들 그렇게 불렀다.

센터의 자리가 비어 있다고 아무나 들어갈 수 있는 건 아니었다. 난 운동신경이 좋았다. 달리기는 우리 학교에서 제일 빨랐고, 수영도 종목을 가리지 않고 다 잘했다. 축구클럽에 갔을 때 달리기 테스트를 받았다. 난 자랑스럽게 신고 다니던 축구화를 팍팍 밀치며 뛰었다. 손목에 차고 있던 나이키 시계를 들여다보며 감독님은 내 기록을 대단히 만족해했다.

"축구선수는 축구화를 신고 다니는 게 아니야. 축구화는 경기 때만 신는 거야."

엄마를 졸라서 산 축구화를 매일 신고 다니던 나는 가방 안에 축구화를 넣고 다니기 시작했다.

첫 연습 경기는 너무 흥분한 상태로 뛴 나머지 어떻게 뛰었는지도 몰랐다. 어쨌든 공을 향해서만 뛰었다. 후반전엔 힘이 들어서 거의 뛰지 못했다. 금목걸이 감독님은 뭐, 처음이라 이해한다는 표정이었다. 옆에 서 있던 찬노는 그러면 그렇지 뭐, 그런 표정으로 비웃었다.

*

나는 집에 오면 피곤해서 씻지도 못하고 바로 잠들었다. 덕분에 여드름이 돋기 시작했다. 우리 반 얼짱으로 뽑힌 잘생긴 얼굴을 관리할 수 없었다. 일어나서 씻고 자야지, 하면서도 몸이 말을 듣지 않았다. 그래도 다시 아침이 오고, 축구를 하러 집을 나설 땐 기분이 좋았다.

우리 축구클럽은 여름방학이 되자, 방송국에서 주최하는 전국대회를 준비했다. 일주일에 두세 번 연습 경기를 했다. 후보 선수도 없는 오합지졸의 우리 팀이었지만 언제나 즐겁게 축구를 했다.

우리 팀은 순식간에 실력이 늘었다. 골키퍼는 이종 격투기선수 밥샙처럼 빡빡머리에 덩치는 커다랗고 인상은 더러운데 지능은 유치원 수준이었다. 처음엔 무서워서 달려들지 못하던 다른 팀 선수들도 한 골 넣고 나면 계속해서 넣었다. 하지만 지금 밥샙 골키퍼는 자기 키보다 높이 올라온 공까지 다이빙을 해서 잡을 수 있을 만큼 실력이 늘었다.

내가 치고 달리면 다 나가떨어졌다. 공보다 더 빠르게 뛰는 오른쪽 윙, 우람이는 내게 어시스트를 많이 해줬다. 덕분에 많은 골을 넣을 수 있었다. 미드필더 찬노는 제일 오래 축구를 했던 만큼 가운데서 알맞게 공을 배분했다.

나는 나름대로 게임을 잘했다. 센터포드로서 골도 많이 넣었다. 나는 우리 클럽의 에이스가 되었다. 감독님은 내게 축구에 소질이 있다며 칭찬을 많이 했다. 내 인생의 황금기였다. 축구를 하면 할 수록 더 좋아졌다. 하루 두 시간의 왕복 시간에도 불구하고 난 열심히 다녔다.

우리 클럽은 결승전에 진출하게 됐다. 결승전까지 올라온 건 무엇보다도 금목걸이 감독님의 열정 덕분이었다.

"떨지 말고 그냥 평소에 우리가 연습한 대로만 하면 돼."

금목걸이 감독님은 말은 그렇게 했지만 무척 긴장하고 있었다. 그리고 이기기를 바라는, 그래서 우승을 하고 싶은 감독님의 마음이 전해져왔다.

"말 많이 하고. 자신 있게 해."

금목걸이 감독님은 우리들의 손, 그 맨 위에 손을 포개놓으며 파이팅을 외쳤다. 경기장으로 들어가는데 누가 내 어깨를 살짝 쳤다. 뒤를 돌아보자 감독님이 눈을 찡긋해 보였다. 난 그 의미를 충분히 알았다. 센터포드인 내가 공을 넣어야 이기기 때문이었다. 나도 욕심이 났다. 우승컵을 받아보고 싶었다.

드디어 휘슬이 울렸다. 가슴이 마구 뛰었다. 상대편 왼발잡이 윙이 공을 몰고 하프라인을 넘어서 내려왔다. 빠르고 발기술이 좋았다. 수비수 세 명이 에워쌌지만 놈은 미꾸라지처럼 빠져나갔다. 거기다가 놈은 할리우드 액션으로 페널티킥을 얻어냈다. 페널티킥을 얻어낸 놈은 직접 킥을 했다. 공은 저절로 미끄러져 들어가는 것처럼 골대로 들어갔다. 놈은 손가락으로 브이를 만들며 뛰어왔다. 마음 같아선 쫓아가서 한 대 걷어차주고 싶었지만 꾹 참아야 했다. 상대편 부모들의 박수소리와 환호성이 아주 가깝게 들렸다.

시합은 일 대 일 무승부로 끝났다. 연장전에 들어갔다. 감독님은 패스가 정확한 미드필더 찬노와 내게 작전을 내렸다. 경기장으로 들어가면서 난 찬노와 의미심장한 눈빛을 교환했다. 주심의 휘슬이 울렸다. 하프라인에 서 있던 나는 찬노에게 공을 패스했다. 그리고 안으로 뛰어 들어갔다.

"간다!"

찬노가 소리치며 공을 세게 패스해주었다. 공을 잡은 나는 그대로 끌고 들어갔다. 골키퍼 정면으로 슛을 날렸다. 통쾌한 골이었다. 아이들이 모두 나한테 뛰어와서 달려들었다. 나를 쓰러뜨리고 내 위에 올라탔다. 내가 제일 소중하게 생각하는 머리카락을 헝클어뜨렸지만 그래도 좋았다. 시합이 끝나고 최우수선수상을 받았다. 나는 금빛 트로피에 입을 맞췄다.

*

"안녕하세요? 전 중학교 축구 감독입니다."

우승 시상식이 끝나고 엄마, 아버지와 집에 가려는데 킹콩같이 키가 크고 뒤뚱대며 걷는 사람이 우리 앞에 섰다.

"오늘 경기하는 모습 잘 봤습니다. 아드님이 재능이 있어 보여서
요. 잘 훈련시키면 좋은 선수가 될 것 같습니다. 저희 학교 축구부
로 진학시켜서 운동을 시켜보시지요."

'앗싸!' 나는 속으로 환호성을 질렀다. 축구 감독이라고 자신을
소개한 킹콩은 국가 대표까지 했었다고 했다. 의심 많은 아버지는
이름을 물었다.

"아, 네, 그러세요? 기억이 납니다."

아버지의 의심스러운 표정이 금방 확 풀렸다.

"오늘 경기를 보셨다고요?"

"예, 그럼요."

나는 쑥스러웠다.

"아직 볼 컨트롤이 안 되고, 또 축구 시작한 지 얼마 안 된 것도
압니다. 시작이 늦긴 했지만 볼에 대한 집착, 감각, 이런 걸 보면 알
수 있죠."

킹콩은 내게 재능이 있다는 말까지 했다. '앗싸' 나는 또 환호성
을 지르고 싶었지만 꾹 참았다.

"아무래도 축구를 시키려면 체계적으로 하는 게 좋습니다."

또 축구가 단체 운동이니까 함께 훈련하고 먹고 자면서 정이 들
어야 화합도 된다고 자기네 축구부로 보내달라고 했다. 킹콩 감독
님은 잘 가르쳐서 이름값 하는 선수를 만들겠다고 믿고 맡겨달라

고 정중하게 말했다.

"예, 알겠습니다. 생각해보겠습니다."

엄마와 아버지는 킹콩 감독님 말에 완전히 넘어간 눈치였다.

그날 밤, 나와 엄마와 아버지 모두 늦도록 잠들지 못했다. 축구 대회에서 우승을 했다는 흥분과 중학교 감독님이 나를 스카우트했다는 설렘에 나는 유명한 축구선수라도 된 것처럼 설레어서 자꾸 꿈을 꾸었다.

빈 좌석이 없도록 들어찬 스타디움, 뜨거운 함성, 그라운드의 열기, 파란 하늘 위 흰 구름, 한여름의 축제, 가볍게 젖혀지는 수비수, 골망을 가르는 결승골, 멋진 골 세레모니, 관중석의 기립박수, 내 이름을 외치는 소리, 카메라의 플래시 불빛.

꿈을 꾸면서 행복했다.

술을 마시고 기분이 좋아진 아버지는 나에 대한 칭찬을 멈추지 않았다. 똑같은 말을 반복하는 아버지의 술주정엔 늘 신경질을 내는 엄마였지만 그날은 기분이 좋은지 가만히 있었다.

"그런데…… 돈이 얼마나 들까?"

돈 얘기가 나오자 몽롱하게 흐르던 알코올이 갑자기 멈춰선 듯, 아버지가 헉 하고 기침을 했다.

"다른 건 못해줘도 애가 하겠단 건 해줘야지."

아버지가 말했다.

"그래야지."

엄마의 목소리가 작아졌다.

"하지만 축구를 하게 되면 공부는 못할 텐데."

"어차피 공부 잘해서 성공하나, 운동 잘해서 성공하나 똑같아.
더군다나 요즘엔 대학 나와서도 취직 못 하는 사람이 얼마나 많은
줄 알아?"

그건 다른 사람의 얘기가 아니라 엄마, 아버지의 현실이었다. 서
울에 있는 보통 대학을 나온 엄마, 아버지는 그저 그렇게 살아가는
보통의 서민일 뿐이었다. 노후 대비는 꿈도 꾸지 못했다. 점점 더
살기가 팍팍하다고 한숨짓곤 했다. 대기업에서 일찌감치 명예퇴직
한 아버지는 몇 년 전부터 인테리어 사업을 했다. 점점 불안정해지
는 아버지의 사업, 꿈을 다시 펼치기엔 늦은 나이라고 생각하는 절
망감 때문에 엄마는 우울해하곤 했다.

"그래, 한번 시켜보지 뭐."

엄마와 아버지는 손을 맞잡았다.

*

"중학교 감독님이 그 학교 축구부로 왔으면 좋겠다고 해서요."

엄마는 조심스럽게 말했다. 나는 옆에서 고개를 푹 숙이고 앉아

있었다. 금목걸이 감독님은 허탈한 웃음을 지었다. 그리고는 신경질적으로 담배에 불을 붙였다.

"그랬어요? 저한테도 얘기했어요. 그래서 보내실 건가요?"

엄마는 당황했다.

"축구는 즐겁고 신나야 합니다. 또 머리를 써야 하고요. 그렇기 때문에 공부도 해야 하고요. 외국 선수들 보세요. 공부 다 하고 운동해요. 학교 축구라는 게 힘들어서 적응을 못하는 경우도 많아요. 더군다나 학교 축구부에서 운동해보지도 않았잖아요."

금목걸이 감독님은 중학교 진학 얘기에 평소와 다르게 말투가 강했다.

"중학교 가서 수업 끝나고, 오후에 연습하는 것으로도 충분해요. 한창 공부할 나이에 축구한다고 공부 안 하면 나중에 뭐 한대요? 축구한다고 다 성공하는 거 아니잖아요? 또 시합 때 보세요. 감독들이 어떻게 하는지."

금목걸이 감독님 얘기에 조금 겁이 났다.

"난 때리는 거 반대예요. 때려서 잘하면 아주 병신이 되도록 때리면 되겠네요. 그건 아니거든요. 애들이 짐승이에요? 때려야 말 듣게. 자기들은 선수 때 잘했대요? 유능한 감독은 어떻게 선수를 자극해서 더 잘하게 유도하느냐, 이거예요."

금목걸이 감독님은 중학교를 가더라도 지금처럼 클럽에서 축구하기를 원했다. 감독님은 항상 옳은 말만 했다. 그런데 이젠 중학교 킹콩 감독님한테 가고 싶었다. 계속 담배를 피우는 감독님은 심각해 보였다. 취미로 하는 축구라면 클럽은 좋았다. 일단 회비를 받지 않았다. 간식비로 조금 돈을 내고, 시합 나갈 때, 회비를 내면 그만이었다.

엄마와 아버지는 금목걸이 감독님을 존경했다. 축구를 좋아하고 사랑하는 사람이 아니면 운영할 수 없을 거라고 했다. 내가 봐도 감독님은 헌신적이었다. 월급도 없고, 감독님의 카니발로 아이들을 시합장까지 실어날랐다. 유니폼값을 내지 않는 아이들 때문에 카드빚을 지기도 했다. 찬노는 티는 내지 않았지만 그런 아버지에게 불만이 많은 것 같았다.

굵은 금목걸이, 한쪽 귀걸이, 짧게 깎아 세운 머리, 사파이어 반지, 지퍼 라이터. 깔끔하게 멋을 부리는 감독님은 술을 좋아했고 끼니는 대부분 라면으로 때웠다. 오후 운동 시간엔 세 개의 캔 커피를, 운동이 끝난 후에는 안주도 없는 소주를, 다음 날 아침엔 고춧가루를 넣은 라면을 먹었다.

"일 년만 일찍 왔어도 펄펄 날았을 거예요."

금목걸이 감독님은 내가 조금 더 일찍 클럽에 들어오지 않은 걸 아쉬워했다. 비록 선수가 많지 않고, 부모의 관심을 받지 못하고, 버스도 숙소도, 연습할 운동장도 없는 클럽이었지만 감독님은 우리보다 더 열심이었다.

"물론, 그 감독 괜찮아요. 선수 시절엔 좋은 선수였죠. 오랫동안 국가 대표로 뛰었고. 그렇게 오래 국가 대표로 뛴 선수도 드물어요."

바로 그게 나와 엄마와 아버지의 마음을 움직였다. 엄마는 차마 그 말을 하지 못했다. 새로 창단된 팀은 힘들다는 게 감독님의 반대 이유였다. 때문에 자리를 잡으려면 몇 년이 걸리고, 기본기를 배워야 할 시기에 시간을 낭비하게 된다는 거였다.

나는 아무 말도 귀에 들어오지 않았다. 무조건 킹콩 감독님의 축구부로 가고 싶었다. 그래서 찬노에게 배신자란 소리를 듣고서도 가만히 있었다.

스트라이커의 슬픔

"이 새끼야, 그것도 따라 못해?"

"저 새끼 또라이 아냐?"

"야, 이 새끼야, 빨리 못해?"

말끝마다 새끼를 붙이는 코치님이 뒤통수를 때렸다. 뒤늦게 합류한 나는 훈련이 힘들었다. 컨트롤이나 헛다리는 못했다. 처음해보는 나는 쉽지 않았다. 더군다나 클럽 축구에서 한 번도 해보지 않은 것도 많았다. 이런 게 정식으로 배우는 거구나, 하는 뿌듯함도 있었지만 새끼 코치님 때문에 의욕이 팍 꺾였다.

저녁을 먹고 모두들 텔레비전을 보며 웃을 때 혼자 방 안에 있었다. 생각은 오로지 하나였다. 집으로 돌아가는 거였다. 축구는 그

후의 문제였다. 숙소는 남쪽의 끝이었다. 시내에서도 한참 더 들어온 시골이라서 버스가 없었다. 당연히 지하철이나 기차도 없었다. 몰래 간다면 방법은 하나였다. 무조건 북쪽을 향해서 걷는 것뿐이었다.

나는 나름대로 계획을 세웠다. 먼저 비상식량을 확보했다. 간식으로 나눠준 빵과 귤은 먹지 않고 가방 속에 넣어두었다. 과자가 생겨도 먹지 않고 숨겼다. 돈 쓸 일이 뭐 있겠느냐며 엄마는 만 원짜리 한 장을 용돈으로 주었다. 돈은 가방 맨 밑바닥 옷 사이에 끼어놓았다. 최악의 상황은 잘못된 길로 접어들어 헤매다가 영영 집으로 돌아가지 못하는 것이었다. 그래서 탈출을 계획한 이후에는 종종 악몽을 꾸기도 했다. 깊은 밤, 산길을 걷다가 귀신을 만나 도망을 치면 바로 앞에 낭떠러지가 나타났다. 마음 같지 않게 좀처럼 발이 움직여주지도 않았다.

"아, 아, 안 돼!"

식은땀을 흘리고 비명을 지르면서 잠에서 깨기도 했다.

나에게는 전지훈련이 지옥 훈련이었다. 나는 밤에 탈출하기로 했다. 아침마다 일어나면 창문으로 달려갔다. 어느 쪽에서 해가 떠오르는지 살피기 위해서였다. 다음 날은 해가 뜨기 전부터 일어나 어슴푸레한 창 앞에 섰다. 해가 뜨는 곳을 동쪽으로 기준 삼아서 북쪽이 어디인지 판단했다. 그런데 새끼 코치님은 만날 늦게까지 잠도 안자고 텔레비전을 봤다. 그래서 항상 내가 먼저 잠이 들고 말았다. 그렇게 잠이 드는 날이면 어김없이 낭떠러지에서 떨어지는 꿈을 꾸었다.

오늘밤, 꼭 탈출하고 말 거다. 그렇게 결심한 날, 엄마와 아버지가 내려왔다. 내가 꿈에 나타나 걱정돼서 왔다는 거였다. 나와 마찬가지로 엄마와 아버지도 전지훈련이 체력훈련과 전술훈련을 하는 걸로 알았다. 하지만 하루도 쉬지 않고 시합만 했다.

새끼 코치님은 계속 내 이름만 불러댔다. 공을 받으려고 발을 내미는 순간, 공을 뺏겼다. 주춤거리다 쫓아가면 공은 도저히 따라갈 수 없는 먼 곳으로 이미 가 있었다. 모두 공을 중심으로 다 연결이 되어서 조금씩 밀고 당기고 하는 상황에 나만 홀로 이방인이 돼 어찌할 줄 몰라하는 것 같았다.

경기가 끝나자, 터덜거리며 힘이 쭉 빠진 채로 걸어나왔다. 아무런 의욕이 없었다. 엄마가 안타까운 눈으로 나를 좇는 것도 모른 척했다. 불만과 서러움이 한껏 가득 찬 눈동자가 엄마와 마주치면 눈물을 쏟아낼 것만 같았다. 나는 엄마를 외면했다.

나는 달라졌다. 비록 축구를 시작한 지 얼마 되지 않았어도 자신감은 누구 못지않았다. 그런데 전지훈련에 와서는 모든 게 달라졌다. 축구가 쉽지 않고, 내가 배워야 할 게 너무 많았다. 무엇보다도 내가 아무것도 아니라는 걸 절실히 깨달았다. 그리고 모든 걸 극복

하고 축구 인생으로 살아가야 하는 길이 험난할 것이라는 기분 좋지 않은 예감이 들었다.

나는 말이 없는 우울한 소년으로 변했다. 예전엔 말이 많았다. 시합에 지더라도 변명을 하거나 불만을 얘기했다. 이겼으면 어떻게 골을 넣었는지 몇 번이나 똑같은 얘기를 지치지도 않고 계속했다. 때론 바보처럼 그치지도 않고 웃기도 했다. 그러나 오줌을 누면서 본 화장실 거울 속의 내 얼굴은 한 번도 부모의 따뜻한 사랑을 받아본 적 없는 듯한, 웃음을 전혀 모르는 얼굴이었다.

엄마와 아버지는 내 변화를 긍정적으로 받아들였다. 철없는 자식이 군대에 가서 속 깊은 아들로 성숙해가는 과정이라고 믿는 것 같았다.

"기본기를 배워야 해요. 그 스피드에 기본기만 받쳐준다면 최고예요. 학교 축구요? 가보세요. 기본기 안 해요. 그저 게임만 뛰어요. 그렇게 게임만 뛰면 뭐 해요?"

금목걸이 감독님 말이 새삼 생각났다. 전지훈련을 와서는 하루도 빠지지 않고, 오전 오후로 나눠서 시합만 했다.

"어머님, 속상하시죠?"

킹콩 감독님은 엄마의 마음을 다 알고 있는 것처럼 말했다.

"아무래도 일찍부터 축구를 해온 아이들하고는 차이가 나요. 아직은 미숙하고, 컨트롤이 안 돼서 볼 몇 번 만져보지도 못하고 나오죠. 본인도 굉장히 힘들 거예요. 더군다나 상대편 형들하고는 실력 차이가 많이 나니까요."

엄마한테 하는 얘기였지만 나보고 들으라는 듯이 말했다.

킹콩 감독님도 싫어졌다. 내가 늦게 들어왔으니까 못하는 건 당연한데 무조건 소리부터 질렀다. 나에 대한 관심도 별로 없는 것 같았다. 오히려 다른 형들하고 더 친했다. 왠지 속은 기분이었다. 엄마, 아버지한테 일러버리고 싶었다. 킹콩 감독님이 달라졌다고. 그러니까 더 이상 여기에 있을 필요도 없다고 말해야했다.

나는 엄마에게 무조건 집에 가겠다고 했다. 그동안의 꿈과 희망은 생각하지도 않았다. 엄마는 나를 설득시켰다.

"네가 무엇을 하든지 중간에서 그만두는 것은 무책임한 거야. 일단 이 훈련은 끝까지 해야 돼. 네 마음에 들지 않는다고 중간에 휙 가버리는 거, 절대 안 돼."

차라리 먼저 도망을 쳤어야했다. 그러면 아무 말도 필요 없었을 것이다. 내가 엄마를 이기는 건 불가능했다. 엄마는 한번 끝까지 최선을 다해서 해보자고 했다.

"그리고 나서 포기해도 늦지 않아."

나는 마지못해서 고개를 끄덕였다. 나보다 더 변한 건 엄마와 아버지였다.

"나, 내일 테스트 받으러 간다. 같이 가자."

찬노가 전화를 했다. 자기 아버지, 금목걸이 감독님이 시켜서 전화한 게 틀림없었다.

"감독님이랑 같이 가는 거야?"

금목걸이 감독님이 오는지 궁금했다. 찬노는 그렇다고 했다. 그동안 금목걸이 감독님의 클럽도 인원이 다 빠져나가 해체됐다는 얘기를 들었다.

내가 다니던 중학교 축구부도 해체됐다. 시간이 지나자 축구부 생활도 숙소 생활도 적응됐다. 예전 감각을 찾아 골도 넣고 체력도 좋아졌다. 하지만 숙소 환경은 좋지 못했다. 간식을 먹지 못한 날 늦은 밤, 형들은 커다란 양푼에 밥통에 있는 밥을 모두 퍼넣었다. 간장, 참기름, 김치를 넣고 비볐다. 각자 숟가락을 들고 방바닥에 둘러앉아 먹었다. 너무 맛있어서 엄마한테 말했다.

"거기가 고아원이야? 간장에 밥 비벼 먹게?"

엄마는 속상해했다.

학교 지원이 전혀 없는 축구부를 운영하는 킹콩 감독님은 지쳐 갔다. 일단 시합을 뛸 수 있는 인원이 되지 않았다. 그리고 그동안 새로 산 버스와 유니폼, 난방비 등 여러 가지로 경제적 부담도 컸다. 결국 축구부는 해체됐다.

나도 찬노도 축구를 하지 않고는 못 살았다. 초등학교 일학년부터 축구를 시작한 찬노나 늦게 시작한 나나 공을 차지 않으면 몸이 근질거리는 건 마찬가지였다. 집에서도 발에 걸리는 건 무조건 질질 끌고 다니다 한순간 날려보냈다. 시합을 하고 싶어서 미칠 지경이었다.

몇 달 동안 연습 경기조차 해보지 못해서 가슴이 두근거렸다. 프로구단의 테스트인 것처럼 각오를 다지면서 축구화 끈을 꽉 졸라맸다.

"열심히 뛰어."

나의 첫 번째 감독님, 금목걸이 감독님이 등을 두드리며 말했다.

열심히 뛰어다녔다. 나의 특징 중 하나가 게임이 되면 열심히 뛰지만, 그렇지 않으면 무척 소극적이 된다는 것이다. 확실히 열심히 뛰니까 기회가 많이 왔다. 키 작은 어떤 놈이 밀어준 걸 때렸더니 그대로 들어갔다. 아직 감각은 그대로였다. 내가 받아먹었으니까 나도 보답을 해야 했다. 나도 그놈한테 골대 앞에서 살짝 밀어줬다. 그놈은 한 센스했다. 골을 넣고는 나한테 와서 하이 파이브를 했다. 나를 언제 봤다고 친한 척을 하는지 모르겠다.

골도 넣고 어시스트도 하니까 여유가 생겼다. 학교운동장에서 하는 자체 게임인데도 관중이 꽤 많았다. 쇼를 해야 했다. 확실한 이미지를 찍어놔야 올 수 있다. 그런 생각이 들었다. 시시한 건 싫었다.

나는 공을 일단 수비수들이 없는 곳으로 끌고 갔다. 그리고 헛다리짚기를 했다. 비록 세 번 이상은 되지 않았지만 그래도 우 하는 소리가 들렸다. 최대 하이라이트는 나도 모르게 나온 오버헤드킥이었다. 골대를 맞고 튀어나오긴 했지만 관중들은 박수를 쳤다. 키 작은 놈은 또 달려와서 엄지손가락을 치켜세웠다. 영광의 상처도 생겼다. 넘어져서 쓸린 허벅지에서 피가 났다.

운동장에 나와 있던 다른 학부모들마저도 오로지 나만 쳐다보는 것 같았다. 그때는 생각하지 못했다. 똑같은 포지션의 내가 새로 들어오면서 먼저 있던 애한테 어떤 영향을 미칠 수도 있다는 것을, 그래서 경계의 대상이 된다는 것을 전혀 알지 못했다.

"많이 늘었다."

연습 경기가 끝나고 금목걸이 감독님이 칭찬했다. 감독님은 그동안 많이 달라져 있었다. 굵은 금목걸이도 안 보이고, 수염도 자라 있고, 목소리도 작아졌다. 감독님한테 미안한 마음이 들었다.

운동장에서 담배를 피우며 경기를 지켜보던 그 학교의 감독님은 검정 선글라스를 끼고 있어서 표정을 알 수가 없었다. 검정 선글라스를 벗은 감독님의 얼굴은 검게 그을렸고 무서워 보였다. 웃음기도 없었다. 나를 보고 고개를 끄덕이더니 돌아섰다. 한쪽 팔을 유난히 힘주어 걷는 모습에서 카리스마가 뿜어져나왔다.

예전의 학교보다는 여러 면에서 달랐다. 축구의 전통도 길고, 우승한 경력도 있고, 학년별 코치님이 따로 있었다. 이제 제대로, 열심히 할 수 있겠다는 각오가 불끈 솟아올랐다.

*

"준비해."

선글라스 감독님이 나를 보고 말했다. 같이 서 있던 애들이 부러운 눈으로 나를 쳐다봤다. 찬노는 떨떠름한 표정을 지었다. 준비하라는 것은 시합에 들어가라는 거였다. 전학 오자마자 시합에 뛰는 것도 대단한데, 우리 학년 시합도 아니고 형들 시합에 뛰라는 건 엄청난 특혜였다. 형들 시합에 뛰는 걸 '올려뛰기'라 했다. 올려뛰기를 함으로써 나는 감독님 아들이 됐다.

그런 영광에도 불구하고 형들의 게임에 들어가는 게 마냥 좋지는 않았다. 형들에게 공을 패스해달라는 소리도 지르지 못했다. 형들은 내 쪽보다는 반대편 형에게 공을 주었다. 기회는 쉽게 오지 않았다. 선글라스 감독님은 계속 우리들의 이름을 부르고 욕설을 던지며 몰아세웠다. 그래도 연이어 두 골을 먹었다.

후반전도 쉽지 않았다. 나는 번번이 기회를 놓쳤고, 부담감 때문인지 무리하게 뛰어들어 볼을 뺏으려고 했다. 이미 늦은 타이밍이었다.

반 박자 빠른 슈팅과 패스. 반 박자 빠르게 한다. 한 박자도 아닌 반 박자만 먼저 움직이면 된다.

늘 귀에 이어폰을 꽂고 노래를 듣고, 온몸으로 리듬을 타지만 반 박자 먼저 몸이 따라와주지 않았다. 머릿속으로 생각하기 전에 다리가 먼저 본능적으로 움직여주어야 했다.

왼쪽 윙의 형이 공을 몰았다. 나는 가운데로 뛰어들어 계속 따라갔다. 그 형이 공을 넘겼다. 공은 제대로 내 발 앞에 걸렸다. 골대가 바로 앞에 크게 보였다. 나는 바로 공을 날렸다. 그 순간 뒤쫓아오던 수비수가 뒤에서 발을 걸었다. 넘어졌다. 그놈은 지나가면서 슬쩍 내 얼굴을 밟았다.

"아!"

너무 아파서 어떻게 할 수가 없었다. 고춧가루를 얼굴에 뒤집어쓰면 이 정도가 될까. 자기 때문에 뚫려서 욕을 먹을까봐 겁이 난 모양이었다. 그래도 너무했다. 뒤에서 거는 태클은 퇴장이었다. 수비수는 퇴장을 당하더라도 골을 막을 수 있다면 기꺼이 했다. 공격수는 그런 면에서는 불리했다. 나도 내 한 몸 바쳐서 할 수 있는 일이 있으면 좋겠다.

'내일은 두 골 넣을 거야.'

한 골도 못 넣은 날은 그렇게 다짐했다. 1+1=2가 되는 것처럼 그런 단순한 계산법이 맞아떨어지면 얼마나 좋을까.

*

단독 찬스였다. 패스받은 공을 골키퍼와 대결하다가 살짝 비켜서 찼다. 공은 천천히 골대 안으로 들어갔다.

"그냥 공이 저절로 골대로 굴러 들어간 거지, 뭐."

연습 경기를 할 때 부모님들이 우리 가까이에서 보는 경우도 많다. 그러면 부모님들의 말하는 소리가 잘 들렸다. 나와 같은 학년의 엄마가 그렇게 말했다. 부모들끼리도 보이지 않는 질투와 경쟁이 치열했다. 더군다나 전학생은 환영하지 않았다.

"굴러 들어온 돌이 박힌 돌 빼낸다니까."

나는 굴러 들어온 돌이었다. 원래 센터포드를 보던 박힌 돌은 나 때문에 후보가 됐다. 전학 오자마자 올려뛰기의 특혜를 입고, 이학년이 되면서 유니폼의 번호도 십 번을 받았다. 그러자 아이들이 나를 예전처럼 대하지 않았다. 찬노는 나보다 다른 애들과 더 친했다. 키 작은 그놈만 그대로였다.

"아니, 왜 머리를 갖다 대지 않는 거야? 머리만 살짝 대도 들어가는데."

높이 올라온 공을 발로 찬 나를 보고 코치님이 소리쳤다. 다른 아이들보다 늦게 축구를 시작한 나는 기본기가 부족했다. 헤딩을 잘 못했다. 스트라이커면 골대 앞에서 크로스로 올라오는 공을 헤딩으로 처리해야 할 때가 많았다. 하지만 머리보다 발이 먼저 나갔다. 공은 어김없이 골대 밖으로 튕겨져나갔다. 난 당황했다. 자꾸 공을 피하게 됐다.

"야, 이 새끼야. 너 지금 뭐 하는 거야?"

아니나 다를까 선글라스 감독님의 욕설이 쏟아졌다. 반대편에 서 있는 감독님의 목소리는 아주 또렷하게 들려왔다.

엄마가 왔을까. 신경이 쓰였다. 엄마 눈에는 나만 보인다고 했다. '10'이 새겨진 유니폼, 곱슬머리, 가느다란 몸, 빨간색 나이키 축구화를 신고 뛰어다니는 나만 쫓아다닐 게 뻔했다. 내가 딴생각을 하는 사이 다른 아이가 골을 넣었다. 우리 팀은 눈에 띄게 활기가 넘쳐났다.

그때였다. 주장인 수비수 형이 띄워준 공이 바로 앞에 떨어졌다. 나는 복잡한 가운데를 피해 오른쪽으로 공을 드리블해갔다. 수비수 두 명이 따라왔다. 나는 수비수를 살짝 제치고 골대 쪽으로 전진했다. 당황한 골키퍼가 나를 향해 나왔다. 나는 가운데 서 있는 키 작은 그놈에게 패스했다. 그놈이 슛을 날렸지만 골대를 맞고 나왔다. 나는 그 공을 살짝 밀어넣었다. 공은 쉽게 들어갔다.

"그게 뭐 넣은 거야? 주워먹은 거지."

나와 같이 센터를 보는 형이 비웃었다.

전반전이 끝났다. 나는 생수를 마시면서 엄마를 찾았다. 엄마는 커피를 타느라 정신이 없었다. 휴대용 가스레인지 위에서 펄펄 끓은 노란주전자의 물을 커피믹스가 든 종이컵에 따라서 부모들에게 하나씩 돌리고 있었다. 추운 바람을 맞으며, 언 손을 부비며 운동장에서 먹는 커피는 보약 같다고 엄마가 그랬다. 따뜻하고 달고 맛있고 마음을 안정시켜준다고 했다. 나도 그런 보약을 먹고 싶었다. 아버지들도 담배를 피워대며 커피를 마셨다.

후반전 시작 휘슬이 울렸다. 나는 몸을 이리저리 돌려대면서 제일 먼저 하프라인에 섰다. 한 골을 더 넣고 싶었다. 제대로 멋있게 넣고 싶었다.

주심의 휘슬 소리와 함께 나는 최전방으로 움직였다. 아예 위에서 내려오지 않고 골만 노렸다. 골키퍼가 잡는 공까지 달려가 빼앗아보려고 했다. 골키퍼가 신경질적으로 공을 잡았다.

드디어 기회가 왔다. 역습이었다. 상대방 공격수에게 뺏은 볼을 수비수가 패스해주었다. 단독 찬스였다. 골키퍼는 양손을 벌리며 나왔다. 골키퍼를 살짝 제치고 쉽게 골을 넣었다.

"오늘은 번호값을 했네."

"스트라이커가 저것도 못 넣으면 돼? 못하면 자리 내놔야지."

형들의 말 중에서 번호값이라는 말이 가슴으로 탁 들어왔다.

나는 유니폼에 십 번을 달았다며 좋아했다. 십 번은 그 팀의 스트라이커이자 핵이었다. 나는 십 번을 단 세계적 선수를 엄마에게 꼽았다. 펠레, 지단, 마라도나, 호나우지뉴, 루니, 박주영. 엄마는 잘 알지도 못하면서 아는 척 고개를 끄덕였다. 나도 그런 유명한 선수가 될 거라고 자신있게 말했다. 그 번호에 대한 의미나 책임감은 깊이 생각하지 않았다. 엄마는 처음엔 등번호가 무엇을 의미하는지 몰랐다. 십 번은 아무에게나 주는 게 아니고, 골을 넣지 못하면 번호값 못한다고 욕을 바가지로 먹는다는 걸 나중에 알았다.

"그게 스트라이커의 슬픔이란 거야."

엄마는 골을 넣지 못했을 땐 그렇게 위로해주었다.

*

"어이, 어이, 어이, 파이팅!"

파이팅을 외치고 하프라인으로 나가는데 느낌이 이상했다. 축구화 바닥이 깔딱대는 느낌이랄까. 깔창이 떨어져나갈 징조였다. 불안했다. 더군다나 전국대회를 앞둔 어젯밤 제대로 잠을 자지 못해서 컨디션도 안 좋았다. 시합 때, 지방에 내려와서 낯선 방에서 누우면 잠이 오지 않았다. 엄마가 페트병에 담아준 대추차도 불면에

효과를 발휘하지 못했다.

"치고 달려!"

선글라스 감독님이 소리쳤다. 나는 공을 가지고 뛰기 시작했다. 깔창이 깔딱거렸다. 나는 주춤거렸다. 마음껏 땅을 밟고 뛰지 못했다. 다행히 페널티박스가 바로 앞이었다. 골을 넣기만 하면 깔창이 떨어져나가도 괜찮았다. 모든 것이 용서될 수 있었다.

나는 전력으로 뛰었다. 골대가 보였다. 공을 확인했다. 그리고 공을 차려는 순간, 그대로 꼬꾸라졌다.

'페널티킥이다.'

나는 얼른 일어났다. 그러나 심판은 뒤에서 내 다리를 걸은 놈에게 말로, 경고를 주었다. 그리고 다시 경기를 시작하라고 휘슬을 울렸다. 어이가 없었다. 열렬히 응원하던 우리편 부모님들은 심판에게 욕을 했다.

"심판 똑바로 봐!"

"왜 페널티킥 안 주는데, 뭐 처먹은 거 아냐?"

좀처럼 그런 일이 없었던 선글라스 감독님이 주심을 불렀다. 주심은 고개를 흔들었다. 화가 난 선글라스 감독님은 생수병을 집어던졌다.

"아까 왜 그렇게 흐느적거렸어? 충분히 뛸 수 있었잖아?"

전반전이 끝나서 들어가자, 코치님이 화를 냈다. 차마 축구화 때문이라고 말 못했다. 그러면 아마 맞아 죽을지도 몰랐다. 후반전은 어떻게 뛰어야 할지 걱정이 됐다. 하필이면 연습할 때 신는 키카 축구화도 가져오지 않았다. 지금 신고 있는 나이키 베이퍼는 산 지 얼마 되지 않았다. 시합 때 신으려고 아끼고 아꼈는데, 벌써 깔창이 나가다니, 짜증이 났다.

"너, 컨디션 안 좋아?"

내가 뛰는 게 이상했는지 선글라스 감독님이 물었다.

"발목을 삐끗했어요."

나도 모르게 거짓말이 나왔다.

"그러면 쉬어."

시합을 뛰지 못하는데 안도의 한숨이 나왔다. 선글라스 감독님은 우리에게 비싼 축구화를 신지 못하게 했다.

"너네가 무슨 프로야?"

축구화만 비싼 거 신으면 뭐 하느냐고 했다. 공을 잘 차야지.

선글라스 감독님은 비싼 축구화 사달라고 부모님한테 조르지 말라고 강조했다. 그래서 우리는 눈치를 보며 새로 산 나이키나 아디다스 축구화를 신었고, 감독님은 어차피 산 거니까 모른 척했다. 단 시합 때, 새 축구화를 신는 것은 절대로 용납하지 않았다.

"축구화 사러 가야 돼."

나는 아버지를 보자마자 붙잡고 얘기했다. 코치님께 병원 간다고 하고 아버지와 시내로 갔다. 하지만 지방이라서 아무리 찾아도 축구화 전문 매장이 없었다. 일반 스포츠 매장에서 겨우 나한테 맞는 사이즈의 축구화를 찾아냈다.

이젠 축구화가 새 것이 아닌 것처럼 해야 했다. 눈썰미 좋은 감독님이 새 축구화인 줄 알면 가만두지 않을 것이다. 새 축구화를 신으면 뒤꿈치가 까지는 건 물론이고 길이 들지 않아서 감을 잡을 수가 없었다.

아버지와 나는 한적한 곳에 차를 세워놓고 축구화 한쪽씩을 바닥에 대고 긁었다. 지나가던 아저씨가 차를 세우고 우리를 이상하게 쳐다봤다.

슬럼프

수업 시간 시작 벨이 울렸지만 천천히 걸었다. 어차피 수업 시간
에 늦게 들어왔다고 야단치는 선생님도 없었다. 영어책 한 권을 겨
드랑이에 끼고 양손을 바지주머니에 찔러넣은 채 교실로 들어갔
다. 창가 맨 끝자리에 가서 앉았다.

영어 시간이었다. 모든 과목이 다 따분했다. 영어는 하고 싶지만
전혀 이해할 수 없었다. 영어 단어를 하루에 백 개씩 외운다는 아
이들이 신기하기만 했다.

"이제, 축구로 정했으면 다른 건 신경 쓰지 마."

아버지의 말을 따랐다. 엄마는 공부에 대한 미련이 있었다.

"우리도 외국처럼 공부하면서 축구를 하면 좋을 텐데……. 한참

공부해야 될 때인데."

엄마는 아직까지도 내가 공부를 해서도 좋은 대학에 갈 수 있다고 믿고 있었다.

"그러면 죽도 밥도 안 돼. 한 가지는 포기해. 축구만 잘하면 돼."

축구만 잘하면 된다는 말이 좋았다. 다른 것은 하지 않고 오로지 축구만 잘하면 된다. 쉽고 단순해서 좋았다. 그리고 아름다운 인생이 될 거라고 믿었다. 인생은 마음먹은 대로 되는 줄 알았다. 비록 다른 아이들보다 늦게 축구를 시작했지만 처음엔 자신만만했다. 하지만 정식으로 축구부에 들어오자, 모든 것이 달라졌다. 세상은 넓고, 축구를 잘하는 아이들은 너무나도 많았다.

"일어나."

옆의 친구가 옆구리를 찔렀다. 엎드려 잠이 들었던 나는 얼른 자세를 잡았다. 가느다란 지휘봉 막대기로 나를 가리키고 있는 영어 선생님은 한심하다는 표정이었다.

"운동도 제대로 못하는 것들이 무식하고 싸가지 없기는."

검은 뿔테 안경을 쓴 영어 선생님은 못마땅해 죽겠다는 표정으로 나를 째려봤다.

"A, B, C나 아나 모르겠어?"

영어 선생님의 말이 끝나자, 아이들이 나를 쳐다보며 웃었다.

"수업 시간에 왜 들어오냐? 다른 애들한테 민폐 끼치지 말고 아예 들어오지 마!"

영어 선생님은 가느다란 막대기로 밖을 가리켰다. 나는 바로 일어났다. 그리고 교실을 나왔다.

운동장으로 나가서 스탠드에 앉았다. 누군가 놓고 간 축구공 하나가 운동장에 있었다. 넓은 운동장에 축구공 하나는 눈여겨보지 않으면 보이지 않을 만큼 작았다.

공이 놓여 있는 운동장에는 발자국들이 어지럽게 찍혀 있었다. 그중에서도 마치 새의 발자국처럼 축구화의 뽕 몇 개가 짝을 이뤄서 찍힌 축구화 자국들이 유난히 눈에 띄었다.

나는 일어서서 실내화를 신은 채로 운동장으로 들어갔다. 운동장은 온통 축구화 자국으로 가득 차 있었다. 방향은 이리저리 제각기 다르지만 하나하나의 발자국은 이상하게도 묘한 슬픔을 일으켰다. 졸음을 참으며 일어난 새벽에 운동장을 돌며 생긴 발자국이었다. 심장이 터져 나가버릴 것만 같아도 참고 뛰었던 오래달리기에, 한밤중에 라이트를 켜고 천 원 내기를 걸고 뛰어다닐 때 찍혔을 발자국들이었다.

나는 잡히지 않는 새를 쫓듯이 발자국을 따라 천천히 걸었다. 걷다보니까 어느새 전철역까지 왔다. 전철역은 대형 할인마트와 연결돼 있었다.

배가 고팠다. 마트 안으로 들어가서 빵과 우유를 샀다. 지금은 점심시간이고, 그러면 모두들 도망쳤다고 난리가 났을 것이다.

"원톱이야. 그게 무슨 뜻인지 알아? 다른 학교 원톱들 좀 봐봐. 어떻게 하는지."

전국대회가 끝나고, 선글라스 감독님이 화가 나서 내뱉은 말은 나를 괴롭혔다. 나 때문에 예선 탈락을 했다. 결정적 찬스를 놓치고 승부차기에서 실축을 했다. 그땐 그대로 도망치고 싶었다.

시합마다 잘할 수는 없지만 번번이 잘 풀리지 않는 기분을 떨칠 수가 없었다. 친구들은 곧잘 슬럼프란 말을 썼다.

"슬럼프에 빠졌나봐."

친구들은 농담 삼아 말했다.

"너네가 무슨 프로냐?"

코치님은 머리를 쥐어박았다.

"잘될 때도 있고, 안 될 때도 있는 거야. 괜찮아."

엄마는 언제나 그렇게 말해주었다. 하지만 엄마의 표정 속에는 안타까움과 함께 더 잘했으면 하는 소망이 섞여 있었다. 엄마를 위해서라도 잘하고 싶었다. 요즘 엄마는 힘들어 보였다. 가끔 바나나우유와 토마토주스를 만들어 학교로 가져오고, 시합 날, 잠을 푹 자라고 대추차를 끓여서 페트병에 넣어서 주기도 했다.

그런 엄마였지만 어떤 날은 저녁에 집에 들어간 나에게 라면을 끓여주고, 먹은 식탁도 치우지 않은 채 소파에 누워 잠들어버렸다.

공교롭게도 학교 축구를 하면서부터 아버지의 일이 잘 안 되고 집안 사정이 나빠졌다. 용돈을 더 달라고 말할 수 없었다. 형들은 꼭 돈내기 게임을 하자고 해서 얼마 되지도 않은 용돈을 뜯어냈다.

집에만 있던 엄마는 마트에 나가서 일을 했다. 하루 일당을 받으면서도 연습 경기는 빠지지 않고 보러 왔다. 나는 엄마가 시합을 보러 오는 게 싫었다. 엄마 앞에서 감독님한테 욕 먹는 거, 형들한테 무시당하는 것은 보여주기 싫었다.

"어떡해…… 회비라도 벌어야지."

엄마가 친구와 전화하는 걸 들은 적도 있었다. 전지훈련이나 지방으로 시합을 나가게 될 때면 엄마의 한숨은 더 깊어졌다.

"엄마는 네가 재능이 있다고 생각해. 성실하게 노력하면 훌륭한 축구선수가 될 수 있어."

엄마는 무조건 나를 격려해주려고 했다. 나도 그렇게 믿고 싶었다. 그래서 성공하고 싶었다. 하지만 불안했다. 나는 아무 맛도 느끼지 못하면서 공원 벤치에 앉아서 빵을 먹었다. 한낮의 공원에 햇볕이 따사로웠다.

*

아버지는 나를 보자마자 담배부터 꺼내서 입에 물었다. 한숨과 함께 담배 연기를 내뿜는 아버지의 얼굴이 유난히 초췌해 보였다.

"왜? 무슨 일 있었어?"

엄마는 그렇게 물었다. 난 그 말이 제일 듣기 싫었다. 엄마는 그냥 가만히 있어도 걱정스럽게 무슨 일 있느냐고 묻곤 했다. 언제부터인가 나는 아무것도 말하지 않았다. 어떻게 엄마한테 모든 걸 말할 수 있을까.

중요한 시합이 있는 전날 밤은 밤새 뒤척이다 새벽이 돼서야 잠깐 잠이 들고, 시합이 시작되기 전에는 가슴이 터질 듯이 떨려서 자꾸 화장실이 가고 싶고, 경기가 마음대로 되지 않아 자꾸 실수를 하게 되면 감독님이 부르는 소리도 못 들은 척하고, 골대 앞에서 어이없게 헛발질을 했을 때는 그대로 운동장에서 뛰어나가고 싶고, 수업이 끝나고 집으로 돌아가는 아이들을 보면 부럽고, 다른 아이들처럼 평범하게 살고 싶고…….

빨리 커서 성공하고 싶지만 지금 이대로는 안 될 것 같은 생각에 불안했다. 나도 유소년 대표로 뽑혀서 파주 트레이닝센터에 들어가 보고 싶었다. 나 아닌 다른 놈이 기회를 잘 포착해 골을 넣었을 때는 열이 받았다.

이 모든 것을 다 내놓고 얘기하기엔 너무 자존심이 상해서 가슴속에 묻어두고 있다는 것을, 아무에게도 얘기하고 싶지 않다는 것을 엄마는 몰랐다.

"이제부터가 진짜 중요한 때인 거 알지?"

엄마의 말에 가슴이 답답했다. 축구를 끝까지 포기하지 않는 건 부모들이었다. 자기가 축구를 그만두면 아버지가 날마다 술을 먹을 거 같아서 그만두지 못하는 친구도 있었다. 이상하게도 축구부의 아버지들은 술을 좋아했다. 이기면 기뻐서, 지면 슬퍼서, 아무 일 없으면 심심해서, 그렇게 어울려 술을 마시는 아버지가 싫었다.

"공부도 쉽지 않아."

아버지가 내 마음을 다 안다는 듯이 말했다.

"네가 해보지 않아서 쉬워 보이는 거야. 공부한다고 다 좋은 대학 가는 것도 아니고. 전국의 학생 수가 얼마나 되는 줄 알아? 그중에서 명문대 가는 애들의 비율을 따져봐. 그리고 요즘은 좋은 대학 나와도 소용없어. 대학 나와서 취직 못하고, 또 취직해서 회사 다녀도 언제 잘릴지 모르는 거야. 너는 그래도 운동에 재능이 있고, 여태껏 해왔잖아. 요즘엔 한 가지만 잘하면 돼."

아버지의 열변을 토하는 표정이 왠지 비겁해 보였다.

"정의로운 사람이 되어라."

이런 멋진 말을 할 수는 없을까.

아버지가 로또에 당첨되기만을 기다리는 한심한 사람 같아서 슬펐다. 내가 알던 아버지가 아니었다. 언제부턴가 아버지는 변하기 시작했다. 회사를 그만두고, 사업이 잘되지 않고, 집을 팔게 되고,

엄마가 직장에 다니게 되고, 그러면서 달라졌다. 그리고 아주 열성적으로 내 시합에 쫓아왔다.

우울한 기분으로 자리에 누웠다. 잠이 오지 않았다. 엄마와 아버지는 식탁에 앉아서 술을 마셨다. 아버지의 담배 연기가 방으로 들어와서 기침이 났지만 참았다. 그래도 자꾸 기침이 터져나와서 이불로 입과 코를 막았다.

엄마와 아버지의 대화의 순서는 늘 똑같았다. 다른 얘기를 하다가도 마지막에는 언제나 나와 축구 얘기로 돌아와 있었다.

"옛날 같으면 그까짓 것 별거 아닌데."

아버지가 씁쓸하게 말했다.

"이젠 회비 낼 날짜만 다가오면 답답해."

엄마가 한숨을 토해냈다.

"그런데 어미 아비 속도 모르고 뛰쳐나와?"

아버지가 식탁에 소주잔을 탁, 소리 나게 내려놓으며 말했다.

"한 번씩은 그런 고비가 있대. 자기도 나름대로 뭔가 생각이 있었겠지."

엄마는 나를 변명해주었다.

"난 아들을 믿어."

엄마가 확신에 차서 말했다.

"그래. 우리 열심히 뒷바라지하자. 자, 악수."

술 먹고 나서 기분 좋으면 아버지는 꼭 악수를 청했다.

"올인하는 거야. 무조건."

나는 이불을 머리끝까지 뒤집어썼다.

*

새벽 운동 때 운동장을 돌았다. 열 바퀴를 돌고 나서, 전술훈련 준비로 정렬하다가 스탠드에 서 있는 선글라스 감독님과 눈이 마주쳤다. 얼른 고개를 돌려버렸다. 감독님이 부를까봐 가슴이 졸아들었다. 내 차례가 되어 공을 받으러 앞으로 뛰어나가면서 살짝 스탠드를 보았다. 다행히 감독님은 뒤로 돌아서서 휴대폰으로 통화를 하고 있었다.

조금 있다가 아버지가 감독님한테 인사하는 게 보였다. 아버지는 고개를 깊숙이 숙였다. 두 손을 맞잡고 서 있는 게 멀리서 보아도 몹시 죄송스러워 어쩔 줄 몰라 하는 것 같았다. 아버지는 운동장 한쪽 구석에서 아침 운동 하는 나를 지켜봤다.

운동이 끝나고 들어가는데 아버지가 다가왔다. 아버지는 만 원을 작게 접어서 몰래 쥐어주었다. 열심히 해, 하면서 등을 툭 쳤다.

"알았어."

나는 얼른 숙소를 향해 뛰었다. 왈칵 눈물이 솟았다. 그대로 샤워실로 뛰어 들어갔다. 머리를 감고 있는 후배 놈을 밀쳐냈다. 샴 푸 거품을 뒤집어쓴 후배는 쓰라린 눈을 비비며 비켜섰다. 샤워기 아래서 온몸을 적셨다. 어깨가 처진 아버지의 모습이, 눈가가 빨개진 엄마의 얼굴이 아른거렸다.

"몇 대 맞을래?"

샤워를 하고 나오자 코치님이 조용하게 말했다.

"넌 이제 후배들한테 모범을 보여야 돼. 그리고 지금이 얼마나 중요한 땐지 몰라? 시합도 얼마 남지 않았잖아. 앞으로 계속 시합인데 네가 이렇게 물을 흐려놓으면 되겠어? 처음이니까 봐준다. 엎드려."

나는 엉덩이를 들고 바닥에 엎드렸다. 많이 아프지 않았다. 신사적으로 엉덩이를 맞는 것쯤이야 이젠 아무렇지 않았다. 발로 가슴팍을, 주먹으로 머리를, 손바닥으로 뺨을 얻어맞는 것에 비하면 가벼웠다.

정작 힘든 것은 언어 폭력이었다. 몸의 아픔보다 마음의 상처가 훨씬 아팠다. 더 괴로웠다. 형들은 비웃으면서 말했다.

"네가 골게터야?"

"누가 골 넣게 놔두냐? 골대 앞에서 까불지 말고 무조건 나한테 밀어. 알았어?"

공격수와 수비수 형들 모두가 가만두질 않았다. 그래서 형들 게임에 뛰고 싶지 않을 때도 많았다.

"저 새끼 얼굴 좀 봐. 밥맛 떨어져."

때로는 여드름이 난 얼굴을 놀리기도 했다.

이제 선글라스 감독님 차례였다. 언제 호출이 있을지 몰라서 앉지도 못하고 서성거렸다. 드디어 감독님이 방으로 들어왔다. 아이들이 일어서서 인사를 했다. 감독님은 눈으로 나를 찾았다. 감독님의 무서운 눈과 마주치자 숨이 턱 막히면서 떨리기 시작했다. 크게 숨을 한번 내쉬고 감독님을 따라갔다.

"고개 들어."

선글라스 감독님의 목소리는 평소와 똑같았다. 고개를 들었다. 감독님의 눈을 피했다. 순간, 뺨으로 손이 날아왔다.

"정신 차려."

잠깐 비틀거리긴 했지만 중심을 잡았다.

"네."

작은 목소리로 대답했다.

"너, 그것밖에 안 돼? 운동을 제대로 하려면 정신부터 똑바로 박혀 있어야 돼."

나는 또다시 네, 라고 대답했다.

"지금 실력은 실력이 아냐. 앞으로 누가 얼마나 더 잘하게 될지는 아무도 모르는 거야. 아무리 발재간이 있어도 성실하지 않으면 소용없어."

선글라스 감독님이 나한테 개인적인 말을 하긴 처음이었다. 시합할 때는 운동장이 떠들썩하도록 욕을 퍼부어댔지만 막상 경기가 끝나면 그걸로 끝이었다.

"너 대신 뛸 선수는 얼마든지 많아."

선글라스 감독님은 그 말을 끝으로 더 이상 얘기하지 않았다.

*

그 이후엔 평범하게 조용히 운동만 했다. 그리고 몹시 바빴다. 전국대회가 끝나면 경기도 대회가 있고, 일주일에 두세 번 연습 경기가 있고, 시간이 휙휙 지나갔다. 그리고 고등학교에 진학했다. 찬노와 같은 학교로 됐다. 정말 질긴 인연이었다.

프로에만 스카우트가 있는 게 아니라서 상급학교로 올라갈 때마다 스카우트를 당해야만 했다. 나도 나름 스카우트를 받고 고등학교로 왔으나 누리는 것은 아무것도 없었다. 가끔 마주치는, 나를 고등학교로 스카우트한 파리 감독님이 살짝 웃어주는 정도가 고작이었다. 감독님의 파마한 긴 머리가 프랑스 남자처럼 분위기 있지만 잔소리를 할 때면 너무 오랫동안 앵앵거려서 우리는 파리 감독님이라고 불렀다.

중학교 때 후배에게 시키던 모든 일을 이젠 내가 해야 했다. 삼학년 선배들의 시중을 들다보면 하루가 다 갔다. 운동장에 가서 연습이라도 할라치면 빨리 들어오란 명령이 떨어졌다. 이유는 여러 가지였다. 청소를 제대로 못했으니 다시 해라, 빨래가 밀렸으니 얼른 해라, 은행 가서 돈을 빼와라, 다리가 아프니까 마사지를 해라, 영화를 다운받아 와라, 만화책을 빌려와라……. 해도 해도 끝나지 않는 일이 언제나 쌓여 있었다.

운동 시간이나 시합 때는 공도 챙기고, 아이스박스도 들어야 하고, 작전판도 챙기고, 음료수도 날라야 했다. 그러고는 형들 게임 뛰는 거 멍하니 쳐다보기만 했다. 욕 얻어먹으며 시합하던 때가 그리웠다. 어쩌다 한 번 같은 학년끼리의 연습 경기만 뛰었을 뿐 시합은 해보지도 못했다. 그래서 삼학년들이 졸업하고 나가자 환호성을 질렀다. 드디어 우리의 시대가 왔다. 우리의 노예, 신입생들도 들어왔다.

국가 대표를 위하여

모닝콜 알람 소리에 잠이 깼다.

"뭐야, 핸드폰 꺼놓기로 했는데."

"얼른 꺼!"

"핸드폰 위치 추적하면 여기 있는 거 다 알잖아."

우리는 이불 속에 누운 채 한마디씩 했다.

"미안해. 내가 깜박했어."

그럴 줄 알았다. 골키퍼 준이었다. 이럴 때보면 대형참사란 별명이 너무 잘 맞았다. 어려운 골을 순간적으로 잘 막으면서 바로 앞에서 차는 쉬운 골을 먹었다. 그래서 그런 별명이 생겼다.

"문 열어!"

파리 감독님의 목소리였다. 처음엔 잘못 들은 줄 알았다. 그런데 또다시 파리 감독님이 소리쳤다. 심장이 멎는 줄 알았다. 우리는 모두 후다닥 자리에서 일어났다.

"빨리 문 안 열어!"

우리는 입을 벌린 채 서로의 얼굴만 쳐다봤다.

"니네가 열래? 내가 열고 들어갈까?"

우리는 잽싸게 차려 자세로 섰다. 그리고 방문 바로 옆에 있던 슈렉이 순순히 문을 열었다. 밤새 잠을 못 잤는지 조금 피곤해 보이는 파리 감독님은 눈으로 우리를 쭉 훑었다. 그 멋있는 파마머리가 짓눌려 있었다. 파리 감독님은 옆에 있는 슈렉의 귀부터 잡았다. 뺨 때리는 소리가 방 안에서 울려퍼졌다. 우리는 바짝 정신이 들었다.

아침 점검을 다 마친 우리는 패잔병처럼 고개를 푹 숙이고 일렬로 서서 계단을 내려갔다. 모텔 앞 식당으로 들어갔다. 늦잠을 잤지만 아침밥은 너무 맛있었다. 잘 먹지도 않던 계란 프라이를 세 개나 먹었다. 밥도 세 공기 먹었다.

밥을 다 먹고 고개를 들어보니, 부모들 틈에 엄마도 보였다.

"맛있냐?"

파리 감독님이 웃으며 말했다.

"삭발해라."

파리 감독님은 아무렇지 않게 말했다. 그리고 긴 머리카락을 쓰다듬으며 뒤돌아나갔다.

"와, 미쳤어."

"진짜 도망쳐야 되는 거 아냐?"

"말도 안 돼. 난 절대 안 자를 거야."

"차라리 맞고 말겠다."

나도 그러고 싶었다.

*

나는 미장원에서 거울을 보며 계속 손으로 얼굴의 여드름을 만졌다. 하나씩 느껴지는 감촉이 영 찝찝했다. 매끄럽고 흰 피부야말로 내가 간절하게 원하는 것이었다. 우리가 삭발하러 미장원에 왔는데 부모님들이 따라왔다. 무슨 좋은 구경났는지 모두 싱글벙글했다. 머리를 짧게 자르면 운동을 더 잘한다는 과학적인 근거라도 있으면 좋겠다. 그러면 무조건 믿고 미련없이 밀어버릴 텐데…….

"낼 모레가 대횐데 그러고 싶으냐, 이놈들아?"

민혁이 아버지가 야단쳤다. 민혁이는 얌전히 숙소에 있을 텐데 왜 여기까지 왔는지 모르겠다. 민혁이는 머리를 자르지 않아 좋겠다. 우리는 처음으로 숙소에 있는 민혁이를 부러워했다.

“이거 엄마가 직접 만든 천연비누야. 여드름에 정말 좋대.”

엄마가 내민 건 발바닥 모양의 비누였다.

“엄마가 일부러 너 줄려고 이 모양으로 했어.”

모든 걸 축구와 연관시키려고 하는 엄마의 유난스러움. 발바닥 모양의 비누는 옅은 갈색의 고운 가루가 그대로 드러나보였다.

여드름만 없으면 얼마나 좋을까. 그러면 꽤 잘생긴 얼굴이라고 나름 자부했다. 곱슬머리도 마음에 안 들지만 여드름도 싫었다. 여드름 때문에 써본 비누만 해도 몇 가지인지 모른다. 여드름에는 살균작용이 강한 다이알 비누가 최고란 소리를 듣고, 다시 바꾸었다. 다섯 개짜리 세트를 다 쓰지도 않았는데, 엄마는 또 다른 비누를 가지고 왔다.

“여드름도 한때야. 그냥 가만히 두면 저절로 없어지는 거야. 깨끗이 씻는 게 제일 중요해.”

엄마가 말한 대로 하다간 내 얼굴은 여드름 자국으로 구멍이 숭숭 뚫리고 말 것이다.

“운동만 열심히 해. 여드름 좀 나면 어때?”

엄마는 운동선수가 여드름 따위에 신경 쓰는 게 못마땅하다는 투였다.

“축구 잘하는 사람은 여드름이 나는 거야.”

엄마는 알고 있는 선수, 박지성, 박주영의 이름을 댔다.

"외국 선수들은 안 그래. 잘생기고 멋있는 사람이 얼마나 많은 줄 알어?"

영화배우보다 더 멋있는 베컴, 이목구비가 반듯한 호날두, 이름도 멋있는 카카, 깊은 눈이 매력적인 루니.

나는 그중에서도 호날두를 가장 동경했다. 브라질의 호나우두와 철자가 똑같지만 원래 예전의 미국 대통령 로널드 레이건에서 따온 이름이라고 했다. 가난한 아버지가 아들만큼은 대통령처럼 성공하라는 뜻에서 그렇게 지었다고 했다.

두 살 때부터 공을 몸에서 떼지 않았다는 호날두는 공을 살 돈이 없으면 양말을 뭉쳐서라도 축구를 했다고 한다. 어린 시절 가난했던 호날두는 형제가 많아서 마음껏 먹지 못해서 키도 크지 않고 말라깽이였다. 친구들은 너 같은 땅꼬마가 무슨 축구를 하느냐며 놀리기도 했다. 그래서 호날두가 개발한 것이 기술이었다. 체격으로 되지 않으니까 기술로 상대를 제압하는 방법을 택했다.

내가 호날두를 좋아하는 이유는 또 있었다.

'축구는 예술이다.'

그런 멋진 말을 했기 때문이다. 예술가처럼 기술을 그라운드에 그린다. 웬만한 발기술을 가지고 있지 못하면 감히 할 수도 없는 말이었다. 나도 그런 멋진 축구를 하고 싶었다. 그런 호날두는 외모와 달리 마마보이라는 별명을 가지고 있었다. 항상 어머니와 누나와 함께 다니기 때문이란다. 경기장을 오갈 때도 어머니와 누나가 운전한 차를 탄다고 했다. 호날두의 또 다른 별명은 명품족이었다. 패션에 관심이 많고, 고급 브랜드만 입기 때문이라지만 나는 부럽기만 했다.

옷을 사려고 하면 엄마는 꼭 이렇게 얘기했다.

"운동선수가 추리닝이면 되지. 다른 옷이 뭐가 필요해?"

"외출할 때 운동복 입는 애들이 어디 있어?"

내 기분을 이해 못하는 엄마가 답답했다.

"오로지 운동에만 전념해도 부족한데 다른 것에 신경을 쓰는 건 낭비야. 지금의 열정으로 인생의 갈림길이 달라진다는 걸 왜 몰라?"

언제나 심각한 엄마의 설교였다. 하지만 여드름이 덮인 얼굴을 들고 살아야 한다는 고통이 어떤 건지 당해보지 않은 사람은 알 수 없었다.

삭발한 얼굴들이 내가 봐도 가관이었다. 꼭 갓 탈출한 탈영범의 모습이었다. 우리는 두 손으로 머리를 잡고 고개를 푹 숙이고 숙소로 들어갔다.

*

"뭐야? 집에도 못 가고. 감옥이야?"

토요일 오후, 점심을 먹고 난 후 형들은 투덜거렸고, 우리는 형들의 눈치를 보며 반찬이 떨어진 식탁을 치우고 청소를 했다. 도망친 벌로 토요일인데도 집에 갈 수가 없었다.

"외출은 되겠지?"

피시방이라도 갔다 오게 외출을 기대했지만 그것마저도 깨졌다.

"이따가 월드컵 대표 평가전 있으니까 그거 보고, 끝나면 일지에다 관전평 써라."

돼지 코치님이 초코파이를 한입에 넣고 말했다.

"우~."

우리는 야유했다.

"어떤 놈이야?"

돼지 코치님이 인상을 썼다. 금방이라도 튀어나갈 것 같던 형들은 금세 조용해졌다. 집에 가봐야 특별히 할 일은 없었다. 그래도 숙소에 있는 건 싫었다. 형들의 눈치를 보는 것도 싫고, 후배 놈들이 깔짝대는 것도 귀찮았다. 하루라도 편안히 집에서 쉬고 싶었다.

애국가가 울리면서 비춰진 한국선수들의 얼굴은 비장해 보였다. 눈을 감고 기도를 하는 선수들도 있었다. 월드컵 본선 무대를 처음 밟는 선수들은 카메라와 눈도 마주치지 못했다.

패스는 안전하게 주고받는 소극적인 횡 패스가 대부분이었다.

"뭐야? 국가 대표 맞아? 우리보다 못하잖아."

"그래, 내가 더 잘한다."

형들은 입으로는 못하는 게 없었다.

"놀고 있네. 두고 보자. 이번 시합에 나가서 얼마나 잘하나?"

돼지 코치님이 초코파이 빈 상자를 형들에게 던지며 말했다.

"저것 봐. 내가 골 처먹을 줄 알았다니까."

땅콩 형이 혀를 찼다. 잘못 패스된 공을 상대방 선수가 가로채서 그야말로 쏜살같이 뛰었다. 수비수는 서로 멈칫대다가 놓쳤다.

"야, 너네도 잘 봐."

코치님이 생라면에 스프를 치며 소리쳤다.

"지금 서로서로 얘기를 해줘야 되는데, 말이 없잖아. 뒤에서 쫓아오면 본인이 모를 수도 있단 말이야. 그러니까 알려줘야지. 뒤에 간다고. 그렇지 않으면 공 다 뺏겨버리잖아."

코치님 말이 맞았다. 하지만 죽도록 뛰다보면 숨도 쉬기 힘들어 말을 하는 게 불가능했다.

나는 텔레비전으로 경기를 볼 때면 나와 같은 포지션인 센터포드를 유심히 봤다. 상대편의 스트라이커가 별로였다. 가난한 그 나라의 희망이라는 스트라이커는 별 움직임이 없었다. 아직 제대로 된 슈팅 한 번 때리지 못했다. 물론 우리 수비수의 압박이 그만큼 강하긴 했다. 나중에는 전의를 상실해서 그런지 제대로 뛰지도 않았다.

"쟤 뭐냐? 산책 나왔냐?"

돼지 코치님의 비웃음에 모두들 웃음을 터뜨렸다. 저렇게 수비수에 잘못 걸려서 말리기 시작하면 그날은 게임이 풀리지 않았다.

사 년마다 열리는 월드컵에 꼭 나가고 싶었다. 몇 년 있으면 월드컵에 나갈 수 있는 나이가 된다. 월드컵에 출전하려면 지금의 나이에 맞게 유소년 대표에 뽑히는 게 우선이었다. 대표에 뽑힌 선배의 얘기를 들으면 부러운 것이 너무 많았다. 이제 시간이 얼마 남아 있지 않았다.

*

"왜 안 자고 돌아다녀?"

갑자기 돼지 코치님 방문이 열렸다. 몰래 옥상에 나가 시원한 바람이라도 쏘일까 했는데 코치님한테 딱 걸렸다. 코치님의 야식 시간이었다. 신문지를 펴놓은 방바닥에 컵라면이 있었다. 내 눈길이 컵라면에 머물자 코치님이 들어오라고 했다.

"너, 왜 안 자나?"

코치님이 나무젓가락을 던져주면서 말했다.

"먹어."

코치님은 숨겨둔 컵라면을 또 꺼냈다.

“뭐 고민 있냐?”

“없어요.”

“그럼, 여자 친구 있어?”

여자 친구가 없다고 했지만 괜히 가슴이 뛰었다. 아직 여자 친구 한 번 못 사귀어보다니, 조금 지질한 인생이란 생각이 들었다.

밤에 먹는 라면은 너무 맛있다. 인스턴트식품이 나쁘다고 먹지 말라고 하지만 집에 가면 제일 먼저 먹고 싶은 게 라면이었다.

“너, 아까 보니까 심각하게 보더라. 너도 월드컵에 나가고 싶지?”

나는 대답을 못하고 젓가락으로 김이 나는 면발을 건져올렸다.

“그래, 너 때는 꿈을 크게 가져야지. 나도 한때는 꿈이 컸지. 친구들 중 잘된 놈은 태극마크도 달아보고 프로축구에서 잘 뛰고 있고.”

돼지 코치님이 한숨을 쉬었다. 한때 프로 팀의 선수까지 지낸 코치님은 허리 부상 때문에 선수생활을 그만두었다고 했다.

“다치지 말아야 한다. 다치면 끝이다.”

코치님이 진지하게 말했다.

“마크는 한번 달아봤어야 했는데. 아!”

긴 한숨에 코치님의 모든 아쉬움이 담겨 있는 것 같았다. 우리는 아무 생각 없이 먹는 것만 열심히 밝히는 돼지라고 코치님을 뒤에서 비웃었다.

"국가 대표가 되면 어떻게 해주는지 알아?"

코치님이 옆에 있던 신문을 던졌다.

"목표를 갖고 해봐."

코치님은 쉽게 말을 했다. 참 쉽죠, 잉! 그런 투로.

신문에는 국가 대표가 되면 어떤 특별 대우를 받는지 자세히 나와 있었다. 일단 대표 선수들이 받는 유니폼만 해도 스무 벌이었다. 셔츠, 라운드 티, 바지 등이 몇 벌씩이나 나오고, 축구화와 조깅화도 두 켤레씩이나 나오고, 가방도 종류별로 준다고 했다.

선수들이 먹는 식사는 1식 십~십오찬인데 장뇌삼으로 끓인 삼계탕이나 홍삼원액 등 보양식은 따로 나왔다. 공식 경기 하루나 이틀 전 호텔로 숙소를 옮기는데, 서울에서는 별 다섯 개짜리 최고급 호텔 디럭스룸에서 잔다고 한다. 게다가 소속 팀에서 받는 연봉은 그대로 받으면서 주전이든 후보든 똑같이 하루의 수당을 받는다고 했다.

우리와는 너무 달랐다. 동계 전지훈련을 갔을 때, 어떤 모텔에서는 샤워를 하는데 더운물이 끊긴 적도 있었다. 며칠이나 계속 똑같은 반찬이 나오는 식당, 차디찬 계란 프라이, 고춧가루가 묻어 있는 숟가락, 비린내 나는 물, 리필을 안 해주는 고기.

잠이 깨지도 않은 채 제멋대로 뻗친 머리를 떠안고 식당까지 줄

지어 걷노라면 사람들이 이상한 눈초리로 쳐다봤다. 거기다가 한 방에서 열 명이 넘게 잔 적도 있었다. 한여름, 에어컨도 없는 방에서 모기 때문에 잠을 설친 날은 게임을 뛰면서도 하품이 나왔다.

나는 신문을 내려놓았다. 꿈만 같은 일이었다. 인터넷에서 맨체스터 유나이티드 선수들의 전용버스를 본 적이 있었다. 버스 안은 무슨 호텔 같았다. 커다란 침대도 있고, 텔레비전과 컴퓨터는 물론 샤워 시설을 갖춘 화장실까지도 있었다.

"운동장에서 같이 뛴다고 해서 나중에 너희들 인생이 똑같아지는 건 아냐."

돼지 코치님이 평소와 다르게 무척 심각하게 말했다. 무서운 말이었다. 하긴 선배들을 보면 모두 서로 다른 대학으로 갔다. 어떤 선배는 누구나 선망하는 대학으로 가기도 하고, 또 어떤 선배는 한 번도 들어본 적 없는 지방의 대학으로 가기도 했다. 나는 꼭 가고 싶은 대학이 있었다.

대형사고

"야, 빨리, 짐 실어."

돼지 코치님이 소리쳤다.

"이것들이 미쳤나, 시합 가는 놈들이 빠져가지고서."

유니폼 두 벌, 축구화 두 켤레, 런닝화, 추리닝, 티셔츠, 줄넘기, 비타민, 샴푸, 비누, 칫솔, 스킨, 로션, 스타킹, 양말, 수건을 담은 가방이 터질 듯 빵빵했다. 목욕용품을 바구니에 따로 담아 목욕수건까지 가지고 가는 좀스러운 형도 있었다. 아이스박스, 스무 개의 공, 작전판, 생수, 아이들의 가방으로 버스 짐칸도 꽉 찼다.

"인원 점검."

"다 탔어요."

"그래, 가자."

드디어 버스가 출발했다. 차가 움직이자마자, 형들로부터 지시가 떨어졌다.

"비디오 좀 켜달래는데요."

민혁이 기사님한테 말했다. 우리의 탈출 사건 이후, 민혁은 혼자 고군분투했다. 형들은 도망친 우리보다 혼자 남은 민혁을 싫어했다. 남자 놈이 의리가 없다는 거였다. 우리를 위해서 항상 새로운 영화 CD를 준비해놓는 센스가 있는 기사님이 마땅히 틀 만한 게 없다고 했다.

"그럼 노래 틀어."

땅콩이 소리쳤다. 민혁은 잽싸게 달려가 땅콩의 취향대로 고른 노래가 가득 찬 엠피스리를 받아다 잭에다 꽂았다. 조용한 버스 안에서 소녀시대 노래가 퍼졌다. 난 귀에 이어폰을 꽂았다.

자다보니까 벌써 휴게소였다. 휴게소에서 먹는 점심은 늘 치즈 돈가스였다. 우리는 길게 줄을 서서 기다렸다. 손바닥보다 작은 돈가스가 양에는 차지 않지만 맛은 있었다.

"가자."

벌써 다 먹은 슈렉이 편의점을 가리켰다. 난 디저트로 아이스크림 하나를 집었다. 슈렉은 아이스크림뿐만 아니라 과자 세 개에 콜라까지 한 봉지 가득 샀다.

"돼지냐?"

편의점에서 만난 땅콩이 슈렉을 손가락질했다.

"자기도 만만치 않으면서."

슈렉이 작은 소리로 말했다. 아닌 게 아니라 키가 작아 땅콩이면서 먹는 건 대식가였다. 땅콩은 과자에 빵까지 샀다.

"너네, 지금 수학여행 가냐?"

버스 뒤에서 식후 담배를 맛나게 피우고 올라온 돼지 코치님이 성질을 냈다.

"다 가져와."

돼지 코치님이 인상을 쓰며 조용히 말했다.

"얼른 몇 개 줘서 꿀꿀거리는 소리 좀 막아라."

뒷자리의 형들이 말했다. 슈렉이 잽싸게 일어났다. 아이스크림과 과자 몇 봉지를 내밀자 코치님은 다시 자리를 잡고 앉았다. 돼지 코치님은 별명답게 과자와 아이스크림을 같이 씹어먹는 이상한 식성을 자랑했다.

사실 난 이 대회에 욕심이 있었다. 시합을 뛸 수 있을지 확신은 없었다. 그야말로 감독님이 이름을 불러주기 전에는 선수가 되지 못한다. 삼학년 형들이 뛰는 건 당연했다. 그렇지만 나도 뛰고 싶었다. 자신 있었다. 먼 여기까지 경기를 보러온 엄마나 아버지에게 멋지게 뛰는 모습을 보여주고 싶었다. 그동안 시합에 나가지 못해서 너무 속상했다.

우리 방 멤버는 현수, 슈렉, 나, 골키퍼인 대형참사. 이렇게 넷이었다. 나와 슈렉이 침대에서 자고 대형참사와 현수가 바닥에서 잤다. 내가 침대에서 자는 건 애들이 날 배려해서가 아니었다. 현수와 대형참사는 키가 커서 침대 밖으로 발이 나왔다. 나야 침대에 누워 이불을 덮으면 아늑하기 그지없었다. 다만 슈렉이 자면서 방귀를 뀌면 그 냄새에 질식할까봐 걱정이 됐다.

"간식 먹어라."

먹을 건 틀림없이 챙기는 슈렉이 벌써 저녁 간식을 챙겨왔다. 바나나, 요플레, 초콜릿. 세상 불변의 법칙이 있다면 시합 때 주는 이 세 가지 간식이었다. 아, 레모나라는 비타민 가루가 하나 더 있었다. 어쩌다 한 번 수저가 딸려나올 때를 빼고는 요플레를 입으로 마셔야 했다. 다 좋았다. 많이만 주면. 그래서 슈렉은 우리를 대표해서 몰래 슈퍼를 가려고 했다.

"안 먹어."

대형참사와 현수가 동시에 말했다. 하긴 둘은 내일 시합의 주전들이니까 몸 관리를 해야 했다.

"나도 안 먹을래."

줄넘기를 집어들며 내가 말했다.

"그래, 너네 주전들은 몸 관리해라. 난 많이 먹고 잘란다."

슈렉이 휙 나가버렸다. 어쩌면 내일 시합에 뛸 수 있을 거 같다
는 생각이 들었다. 센터포드 형 컨디션이 안 좋아 보였다. 아까 운
동장에서 몸을 풀 때도 처음엔 하다가 나중에 코치님한테 얘기하
고 쉬었다.

*

인조잔디 구장에선 아직 시합이 한창이었다. 우리는 경기를 보
면서 천천히 이동했다. 기구를 챙겨놓고 몸을 풀기 시작했다. 파리
감독님이 왔다. 감독님은 별말 없이 우리를 훑어봤다.
"준비해."
파리 감독님이 나를 보고 말했다.
"얼른 준비하라고!"
돼지 코치님이 얼떨떨해 있는 나한테 소리쳤다.
"우~."
이학년 놈들이 야유가 섞인 소리를 질렀다. 가슴이 쿵쾅거리기
시작했다. 고등학교에 와서 정식 대회는 처음 출전이었다. 내 예상
이 맞았다. 나는 등번호 십이번 유니폼을 입고 스타킹 속에 무릎보
호대를 넣었다.
파리 감독님이 작전 지시를 했다. 무슨 말인지 귀에 들어오지 않

았다. 갑자기 화장실이 가고 싶어졌다. 그런데 휘슬이 울렸다. 형들을 따라 천천히 경기장 안으로 들어갔다. 하프라인에 현수와 함께 섰다.

나는 가운데 있는 공을 뚫어져라 쳐다봤다. 현수가 먼저 공을 차서 내게 주었다. 나는 뒤를 돌아 미드필더 땅콩에게 패스했다. 공이 전진하고, 우리 팀은 올라갔다. 땅콩이 공을 잡았다. 상대의 압박이 심했다. 땅콩은 뒤로 공을 돌렸다. 다시 찬노가 공을 잡고 어디로 줄 것인가 고개를 돌렸다. 나는 손을 들었다. 찬노가 나를 보고 공을 차는 순간, 벌써 수비수가 내 옆에 달라붙었다. 나보다 먼저 공에 발을 갖다 댔다. 당연히 공을 뺏겼다. 나는 죽을힘을 다해 뛰어 내려갔다. 뺏긴 공은 끝까지 책임져야 했다.

'제발, 먹히지 마라.'

나는 간절히 기도했다.

"정신 차려!"

주장이라고 땅콩이 옆에 와서 소리쳤다. 나는 두 손으로 내 뺨을 두들겨댔다.

'첫 시합이다. 잘하자.'

속으로 파이팅을 외쳤다.

중앙 수비수에게 받은 공을 찬노가 현수에게 패스했다. 현수가 다시 가운데로 파고드는 땅콩에게 패스했다. 땅콩은 드리블로 치고 가다가 날렸다. 코너킥이 됐다. 찬노가 손을 들어 사인을 보냈다. 가운데로 높이 보낸다는 신호였다. 공은 정확하게 현수의 머리 위로 왔다. 현수는 몸을 틀어 골대 안으로 공을 넣었다. 골이었다. 현수는 아무 일도 없었다는 듯이 걸어나왔다. 골을 넣어도 세레모니를 하지 않는 건방진 놈이 얄미웠다.

이젠 여유였다. 마음이 조금 안정되긴 했다. 우리가 너무 풀어졌던 것일까. 수비수들이 백패스를 하다가 공을 뺏겼다. 그래서 골을 먹었다.

"다시 하자!"

땅콩이 소리쳤다.

"왜 그렇게 정신들을 못 차려! 죽을래?"

전반전이 끝나고 선수 대기석으로 온 우리들에게 파리 감독님은 살벌하게 말했다.

"수비는 에러가 없어야 해. 백번 잘하면 뭐해? 한 번 실수로 점수 주는데."

파리 감독님은 수비수들의 실수에 화가 나 있었다.

"현수, 잘했는데 후반전엔 더 공격적으로 해. 분명히 너를 마크할 거야. 헤딩할 때 더 먼저, 더 높이 떠야 돼. 알았지."

현수는 고개를 끄덕였다. 철호는 선배들 이온음료를 챙겨주느라 정신없었다. 슈렉은 그 큰 손으로 경기를 뛰고 나온 형들의 다리를 주물렀다.

후반전, 공격의 방향이 바뀌었다. 바람은 반대쪽으로 불었다. 예선전에서는 첫 경기가 중요했다. 첫 경기를 지게 되면 거의 예선 탈락이었다. 그래서 후반전은 더 치열했다. 결국 일 대 일 무승부로 끝났다. 다음 경기는 꼭 이겨야 한다는 부담감, 예선전 탈락이라는 수모를 겪을 수도 있다는 불안감으로 마음이 무거웠다.

"골게터가 없어."

"그게 문제라니까."

경기장을 나와 버스까지 걸어가는 동안 우리 팀 학부모들의 말소리가 들려왔다.

"차라리 키 큰 놈을 위로 올리는 게 낫지 않나?"

키 큰 놈이란 민혁이를 말했다. 윙백을 보는 민혁이는 큰 키에도 순발력이 좋았다. 가끔 센터로 올라오기도 했다.

"도망갔다 온 놈들을 뭐하러 뛰게 해. 제대로 못 뛰잖아."

"산토끼 했다가 하루 만에 붙잡혔다면서요?"

"걱정이에요. 후배들이 따라할까봐."

고개를 푹 숙이고 걷는데, 기운이 쫙 빠졌다. 이런 기회에 골을 넣어야 했다. 아쉽게도 찬스가 나지 않았다. 나보다는 현수에게로 공이 많이 갔다.

두 번째 예선 경기에서 우리는 한 골도 넣지 못하고 패했다. 예선전 탈락이었다. 이런 적은 한 번도 없었다. 파리 감독님은 아무 말도 하지 않았다. 뒤돌아서서 걸어가는 감독님의 어깨가 축 처져 있었다.

우리는 예선 탈락을 했음에도 일주일이라는 긴 휴가를 받았다. 수업도 들어가야 하고, 연습 경기도 있을 텐데, 이상했다. 그래도 우리는 신나서 숙소를 뛰어나왔다.

*

오랜만에 온 숙소가 낯설었다. 분위기도 어수선했다.

"감독님, 그만두신대."

슈렉이 나를 보자마자 얘기했다.

"진짜?"

도저히 믿을 수 없었다.

"왜?"

"건강이 안 좋아서 쉬셔야 한대."

믿을 수 없었다. 넓은 운동장 한가운데까지 들릴 만큼 욕설을 퍼붓고, 게다가 빠따를 칠 때 파리 감독님의 정력은 넘쳐나 보였다.

"건강은 무슨? 잘린 거야."

땅콩이 지나가면서 한마디 했다.

“우리가 성적을 못 내니까 학교에서 그만두라고 했대.”

찬노가 말했다. 그래서 지난번 파리 감독님의 어깨가 그렇게 무거워 보였는지도 모르겠다.

“스트레스가 엄청 심했겠지.”

찬노가 다 안다는 듯이 말했다. 사실 그동안 우리 축구부의 성적은 최악이었다. 전국대회에서 최소한 팔강 안에 들어야 성적을 냈다고 할 수 있었다. 그런데 예선 탈락을 했다. 작년에도, 그 전에도 팔강 이상의 성적은 없었다.

“그러면 우리는 어떻게 되는 거야?”

나는 너무 속상했다.

“뭐가 어떻게 돼?”

슈렉은 아무렇지 않게 말했다.

“밑에 중학교 감독님이 온대.”

같은 재단의 중학교 감독이 우리 학교 감독님으로 온다고 했다.

“현수, 축구 그만둔대.”

슈렉이 심각한 얼굴로 말했다.

“뭐? 진짜?”

며칠 나갔다오니까 대형사고가 연속으로 터졌다.

“벌써 짐 다 싸가지고 갔어.”

“벌써 나갔다고?”

현수의 사물함을 열어보았다. 맨 위 선반에 있던 스킨과 선크림도, 캘빈클라인 쫄팬티도 없다. 그 아래 칸에 얌전히 개켜놓은 티셔츠도, 쇼트도 없었다. 이제 필요 없는지 짝이 맞지 않는 스타킹 한 짝만 팽개쳐져 있었다. 그 옆 옷장도 텅 비어 있었다.

현수는 나와 같은 센터포드였다. 키가 크고, 스피드도 있었다. 소극적인 면이 있지만 헤딩 실력은 최고였다.

"헤딩 할 타이밍과 방향을 기가 막히게 잡아."

칭찬에 인색한 파리 감독님도 감탄할 만한 헤딩 실력을 갖고 있었다. 그래서 헤딩으로 골도 많이 넣었다.

"밤에 몰래 나가자."

어수선한 분위기에서 대충 저녁 운동을 끝내고 쉬고 있는데, 슈렉이 은밀히 속삭였다.

"미쳤어. 어딜 가?"

난 슈렉이 또 도망치자는 줄 알았다.

"현수랑 만나기로 했어."

슈렉이 눈을 찡긋거렸다.

"근데 어떻게 나가? 걸리면 어떻게 하려고."

"오늘은 괜찮아. 내가 책임질게."

슈렉이 자신 있게 말했다. 취침 시간이 지나도 아이들이 침대에서 웅성거렸다.

"시끄러, 자라."

땅콩이 소리친 후에야 조용해졌다. 슈렉이 옆에서 손을 뻗어서 신호를 보냈다. 미리 옷을 입고 있던 나는 조용히 일어났다. 발뒤꿈치를 들고 살금살금 걸었다. 돼지 코치님 방문은 닫혀 있었다.

*

"들어가자."

슈렉이 치킨집 문을 열고 먼저 들어갔다. 생맥주잔을 들고 있는 현수가 보였다.

"후라이드로 빨리 해주세요."

슈렉은 치킨에만 관심 있는 것 같았다.

"생맥주도 주세요, 아니에요."

슈렉은 맥주를 취소하고는 입맛을 다셨다. 현수는 아무 일도 없어 보였다. 술잔을 들이키는 모습이 그럴듯해 보였다.

"너, 진짜 축구 그만둘 거야?"

나는 진지하게 물었다. 몰래 담배 피우고, 술 먹고, 운동을 열심히 안하는 놈이라면 몰라도 현수는 성실했다. 골을 넣고도 무덤덤할 만큼 잘난 체하는 게 마음에 들지 않았을 뿐이다.

"어차피 나는 끝까지 가지 못해. 여기서 끝내는 게 나아. 나 없으면 너도 좋잖아?”

현수가 살짝 입술 끝을 올렸다.

“왜 그래?”

내 얼굴이 굳은 걸 보고 슈렉이 현수를 말렸다.

“술 많이 먹었구나.”

슈렉이 분위기를 잡으려고 했다. 나는 현수의 맥주잔을 들고 벌컥벌컥 마셨다. 맥주 정도야 마시지 않아서 그렇지, 마시면 얼마든지 먹을 수 있었다.

“넌 왜 그래? 술도 안 먹으면서?”

슈렉이 이번엔 나를 말렸다.

“그래, 나보다 네가 더 잘하지. 나도 알아. 근데 나도 가만히 있는데, 니가 왜 그만두냐?”

나는 솔직히 말했다. 현수 때문에 열등감을 느낀 적이 많았다. 나보다 키도 크고 순발력도 좋고, 헤딩도 잘하고, 골도 잘 넣고. 게다가 일학년 때부터 계속 주전으로 형들의 게임에 뛰었다. 현수는 우리가 오기 전에 이미 몇 잔을 마신 것 같았다. 현수가 또 맥주를 시켰다.

“네놈은 엄마, 아빠가 있잖아.”

현수가 던진 말이 어이없었다.

“넌 없냐?”

현수 아버지는 축구 광팬이었다. 연습 경기조차도 빠뜨리지 않고 보러왔다.

"난 아버지 싫어. 보지 않고 살았으면 좋겠어."

"미친놈."

슈렉이 현수보고 말했다.

"우리 아버지, 내 경기 한번 보는 게 소원이다."

하긴 슈렉의 아버지는 아직 한 번도 운동장에 온 적이 없었다. 그만큼 하는 일이 바빠서 도저히 시간이 안 된다고 했다.

"난 축구하는 게 즐겁지 않아."

현수의 얼굴이 빨갰다.

"집에 가면 아버지 얼굴 보는 것도 싫고, 술만 먹으면 엄마랑 싸우는 것도 싫어."

슈렉은 현수 얘기를 그저 들으며 치킨을 먹었다.

"그게 너 축구 그만두는 거랑 무슨 상관이야?"

현수를 이해할 수 없었다. 그럴수록 운동 더 열심히 해서 성공해야지, 하고 싶었지만 참았다.

"축구해서 성공할 자신 있어?"

현수가 비웃듯이 말했다. 몹시 기분 나빴지만 슈렉과 나는 대답할 수가 없었다. 사실, 지금쯤 득점상도 타고 이름을 날려야 그나마 비전이 있는 것이다. 주전도 확실히 꿰차지 못한 처지에 너무 낙관적이긴 했다. 우리는 한순간 입을 다물고 가만히 앉아 있었다.

그때 누군가 문을 열고 들어왔다. 우리는 일제히 고개를 돌렸다. 건장한 체격의 남자가 우리를 향해 걸어왔을 때, 누군지 알았다.

"맛있냐?"

새로 바뀐 감독님이 웃으며 말했다. 살짝 향수 냄새가 풍기는 감독님은 꽤나 멋을 부렸다. 나의 감독님 중에서 제일 젊었다.

나는 옆에 앉은 감독님을 슬쩍 쳐다봤다. 나의 로망인 생머리였다. 앞가르마를 탔다. 짧게 깎은 손톱, 깃을 확 세운 와이셔츠, 얇은 입술. 가느다랗고 옆으로 찢어진 눈은 모든 것을 알고 있으니까 까불지 말라고 말하는 것 같았다.

"술 마셨냐?"

감독님은 현수 앞에 놓여 있는 맥주잔을 작은 눈으로 째려봤다.

"술은 조금 마셔도 되지만 담배는 절대 안 된다."

감독님이 눈에 힘을 줬다.

"더 먹어. 시켜줄게. 내가 제일 좋아하는 게 치킨인데."

슈렉은 신이 났다. 슈렉이 감독님과 미리 약속해놓은 게 틀림없었다.

"나도 고등학교 때 감독님한테 맞고 도망쳐서 친구들하고 치킨 먹다가 잡혔었는데."

감독님은 이런 일은 아무것도 아닌 것처럼 말했다.

"왜 도망쳤는데요?"

술기운 때문에 나는 용기가 생겼다.

"연습 경기 중인데 자꾸 야단치는 거야. 나중엔 대답도 안 했더니 불러내서 따귀를 때리더라고. 그리고 다시 들어가래. 근데 기분 나빠서 슬슬 걸어 들어갔지. 그랬더니 또 나오라는 거야. 또 맞았지. 이번엔 들어가서 아예 그 자리에 가만히 서 있었어. 그래서 죽도록 얻어맞았지. 그땐 정말 하고 싶지 않더라고. 그래서 그냥 나와버렸지."

충분히 이해가 갔다. 시합 뛰는데 옆에서 뭐라고 소리치면 정말 짜증났다. 나는 종종 안 들리는 척 코치님이나 감독님의 말을 무시하곤 했다.

"현수는 왜, 뭐가 문제야?"

슬슬 고문이 시작됐다. 우리는 바짝 긴장했다. 난 들고 있던 닭다리를 내려놓았다. 목이 말랐다. 맥주라도 들이키고 싶었지만 감독님 앞에서 차마 잔을 들기가 민망했다.

"너네는 이제 들어가. 너무 늦었어. 다른 애들 자니까 조용히 들어가라."

슈렉과 나는 감독님 말이 떨어지기가 무섭게 벌떡 일어났다.

"감독님 별명이 뭔지 알아?"

슈렉이 치킨집을 나오자마자 말했다.

"몰라. 뭔데?"

"양키."

"왜?"

"학교 다닐 때 꼴통이었나봐. 머리를 혼자만 길게 길러가지고 노랗게 물들였대."

"그렇게 해도 가만두었대?"

"공은 좀 찼나봐. 그래서 감독도, 선배도 터치 못했대."

피로골절

새 감독님이 보는 첫 연습 경기였다. 가슴이 설레었다. 잘해야겠다는 마음뿐이었다. 더군다나 삼학년 형들은 내일 대학교와의 연습 경기 때문에 몸만 풀고 우리가 대신 경기를 뛰게 됐다. 상대는 경기도 대회에서 우승을 한 팀이었다. 게다가 등번호를 보니까 주전인 삼학년 멤버들이었다.

현수는 양키 감독님의 설득에도 고집을 꺾지 않았다. 현수 아버지도 감독님을 찾아와서 상담을 했다. 감독님은 일단 현수의 마음이 바뀔 때까지 기다려주기로 했다. 한두 달 집에서 쉬면서 잘 생각해보라며 시간을 주었다. 그건 대단한 특혜였다. 보통 그렇게 감독님 말을 안 들으면 그냥 잘렸다. 그만큼 현수가 재능이 있는 선수라서 아깝다는 거였다.

나는 현수 대신 와킹과 중앙에 섰다. 와킹도 현수와 같은 포지션임에도 현수에게 밀려 제대로 경기를 뛰지 못했다. 나도 와킹과는 발을 많이 맞춰보지 못해서 조금 걱정이 됐다. 휘슬이 울렸다. 우리는 처음부터 공격적으로 나갔다.

"축구는 공격이야. 골을 넣어서 이기는 거지. 이기려고 수비를 하는 거야!"

양키 감독님이 시합 전에 말했다.

미드필더 찬노가 앞으로 뛰어나가는 내게 공을 찍어주었다. 공을 받으려는 순간 상대 수비수 두 명이 에워쌌다. 할 수 없이 옆에 있는 와킹에게 패스했다. 그리곤 앞으로 다시 뛰었다. 와킹이 다시 내게 이 대 일 패스를 했다. 나는 그대로 공을 날렸다. 골이었다. 와킹이 와서 하이 파이브를 했다. 나는 슬쩍 양키 감독님을 쳐다봤다. 살짝 고개를 돌리고 있지만 미소를 짓고 있었다.

우리 팀은 나뿐만 아니라 모두들 활기가 넘쳐났다. 우리가 예전에도 이렇게 잘했나 싶을 정도로 패스가 쉽게 연결 됐다. 감독님도 마음에 드는지 우리에게 아무 말도 없이 그저 경기만 지켜봤다. 상대편 감독님만 화가 나서 계속 소리를 질러댔다.

또다시 기회가 왔다. 뒤쪽에 있던 철호가 길게 차준 공이 앞으로 쭉 빠졌다. 나는 무조건 달렸다. 당황한 골키퍼가 골대를 두고 튀어나왔다. 나는 살짝 골키퍼를 제쳤다. 또 골이었다. 연속 두 골이었다. 너무 기분이 좋았다. 양키 감독님이 고개를 끄덕였다.

상대편 감독님이 중앙 수비수를 불러냈다. 손가락질하며 마구 혼을 냈다. 고개를 푹 숙이고 운동장으로 들어온 그놈이 나를 노려봤다. 그놈은 무조건 나를 따라다녔다. 내가 공만 잡으면 내 유니폼을 붙잡고 발을 갖다 댔다. 나도 지지 않으려고 맞부딪쳤지만 내가 밀렸다.

우리는 여유롭게 공을 돌렸다. 다시 공격이 시작됐다. 이번엔 와킹에게 밀어주고 싶었다. 다시 찬노가 공을 잡고 어디로 줄 것인지 고개를 돌렸다. 나는 손을 들어 사인을 보냈다. 그리고 와킹에게도 신호를 보냈다. 내가 공을 잡아서 줄 테니까 뛰라는 신호였다.

패스가 정확한 찬노가 내게 공을 날렸다. 공을 잡으려고 발을 내미는 순간, 그 중앙 수비수 놈이 발을 걸었다. 넘어지는 순간, 느낌이 안 좋았다. 뭔가 부서지는 느낌이었다. 다시 일어서려는데 도저히 설 수가 없었다. 슈렉이 손을 내밀어 일으켜주었다. 일어서 발에 힘을 주자, 짜릿한 통증이 느껴졌다.

"괜찮아?"

슈렉이 물었다.

"아니, 못 걷겠어."

슈렉이 등을 내밀었다.

*

　병원에서 엑스레이를 찍었다. 감독님이 바뀌고 첫 연습 경기라고 보러온 엄마는 걱정이 가득한 눈빛이었다.

“두 골 넣었으면 됐지. 뭐 그렇게 무리하게 해.”

엄마는 속이 상해 어쩔 줄 몰랐다.

“아무래도 뼈가 부러진 것 같아요.”

의사가 말했다.

“정말요?”

머릿속이 멍해졌다.

“먼저 깁스하고요, 그런데 깁스하면 상당히 오래가니까 수술하는 게 빠를 수 있어요.”

“수술요?”

수술까지 하다니, 이보다 더 나쁠 수는 없었다.

“여기 부러진 뼈가 피로골절이라고 해서 축구선수들이 많이 다쳐요. 이게 말 그대로 아주 많이 쓰고, 또 그래서 쉽게 부러지는 반면에 다시 붙는 데 시간이 많이 걸리고, 재발될 가능성도 높아요. 그래서 핀을 박아 이어주면 훨씬 금방 붙고, 재발 방지도 돼요.”

　갑자기 눈앞이 캄캄해졌다. 눈물이 핑 돌았다. 재활하고 운동하려면 적어도 삼 개월은 지나야 된다고 했다. 의사는 피로골절 때문에 수술한 유명 축구선수 이름을 말했다. 하지만 아무런 위로가 되지 않았다. 얼마 안 있으면 전국대회도 있었다. 양키 감독님은 학년 구별 없이 오로지 실력으로만 시합에 뛰게 한다고 했다.

*

“운동하러 안 가니?”

컴퓨터 앞에 앉아 있는데 엄마가 다그쳤다. 오늘은 일요일인데, 짜증이 났다. 매일 집에 있으니까 휴일의 의미는 없지만 그래도 지켜줘야 했다. 감옥 같다고 생각했던 숙소가 그립기까지 했다.

“남들과 똑같이 해서는 보통 선수밖에 될 수 없어. 성공한 사람들의 공통점은 연습 벌레라는 거 너도 알지?”

또 시작이었다. 이 세상에 알려진 성공 스토리는 너무 많았다. 엄마는 신문에서 그런 축구스타의 기사를 오려서 스크랩해두었다. 그리고 마음에 드는 글에 빨간색 볼펜이나 분홍색 형광펜으로 줄을 그었다.

“이것 좀 읽어봐.”

한눈을 팔면 바로 져버리는 게임을 하고 있는데도 엄마는 스크랩노트를 들이댔다.

“알았어. 읽을게. 거기 둬.”

귀찮아서 건성으로 대답했다. 그러자 엄마의 잔소리가 기다렸다는 듯이 튀어나왔다.

"공부하는 애들도 노는 날 없어. 토요일도 일요일도 없이 보충 수업을 들으러 학원에 가지, 평일에는 열두시 한시나 돼야 집에 오지, 아침에 일찍 일어나서 또 학교에 가지. 공부는 쉬운 줄 알아?"

그다음부터 엄마의 말은 쉬지 않고 이어졌다.

"알아서 할게!"

잠자코 있던 내 목소리가 커졌다.

"내가 너 잘되라고 그러는 거지. 나중에 후회하지 말고."

엄마는 내 말대꾸를 참지 못했다. 하긴 엄마가 예민한 것도 이해가 됐다. 집에 있은 지 벌써 한 달이 지났다. 이제야 조금씩 운동을 할 수 있게 됐다. 방에서 텔레비전을 보던 아버지가 나왔다.

"눈도 나쁜 놈이 자꾸 컴퓨터 앞에 앉아 있으면 어떡해. 게임에 빠지면 집중력도 없어진다잖아."

그래서 나는 의자에서 일어섰다. 유니폼을 챙겨입고 양말을 찾아 신었다. 아버지는 세수도 안 했지만 내가 입지 않는 운동복을 입고서 나갈 준비를 했다. 엄마는 재빨리 쇼핑백에 읽을 책과 야외용 돗자리와 생수, 커피를 챙겼다.

공원까지의 짧은 거리도 한사코 차를 타고 가겠다는 아버지와 나 때문에 엄마는 또 툴툴거렸다. 공원 입구에 들어서자 아버지는 돗자리를 펼칠 자리부터 찾았다. 엄마는 조금이라도 걷고 운동하라고 다그치지만 아버지는 어느새 누워버렸다.

병원에서 아직까지는 러닝만 하라고 했다. 엑스레이 사진을 보면 뼈는 다 붙었다. 두 개의 핀과 그 사이 가느다란 줄로 이어진 것까지 다 보였다. 학교로 복귀하기 전, 몸을 만들어서, 바로 게임에 뛸 수 있게 해야 했다.

간단히 스트레칭을 하고 러닝을 했다. 아직은 몸의 컨디션이 정상이 아니었다. 혼자서 드리블, 볼 컨트롤 연습을 하다가 아버지를 불렀다. 아버지가 공을 올려주면 논스톱으로 차서 골대에 넣는 연습을 했다. 운동화를 신긴 했지만 센터링을 올리는 일은 아버지에게는 벅찼다.

나는 주문했다.

"더 빨리."

"그래, 알았어."

아버지는 있는 힘껏 공을 차올렸다.

"아니, 이쪽으로 차달라고."

나는 신경질적으로 말했다.

"야, 이놈아. 공이 아무 데서나 오지, 네 마음에 드는 데서만 날아오냐?"

아버지는 엉뚱한 데로 공을 차놓고는 오히려 큰소리쳤다. 쉬지 말고 빨리빨리 차올리라는 요구에 아버지의 얼굴이 빨갛게 달아오르고 이마에선 땀이 흘렀다.

"이제 그만."

매일 아침 혈압 약을 먹는 아버지는 더 이상 숨이 차서 못하겠다고 선언했다. 그래서 엄마가 투입됐다. 공을 차지 못하는 엄마는 손으로 던졌다.

"얏!"

엄마는 이상한 기합소리를 내며 두 손으로 공을 던졌다. 공은 얼마 가지 못하고 떨어지고 말았다. 비록 손으로 던지지만 발로 찬 것처럼 제대로 올려주기 위해 엄마는 두 손으로 있는 힘껏 던졌다. 힘이 달리는 엄마가 공을 던질 때마다 이상한 소리는 점점 커졌다. 기합소리도 아니고 신음도 아닌, 요상한 소리에 웃음이 났다.

"이것도 보통 일 아니다. 너무 힘들다."

그리고 엄마는 이렇게 덧붙였다.

"너네 운동장에서 뛰는 거 정말 힘들겠다."

나는 의기양양하게 말했다.

"별로 힘들지 않아."

엄마가 녹초가 되어 돗자리로 돌아가고 잠시 쉬었던 아버지가 다시 나왔다. 아버지는 급격히 체력이 떨어졌다. 이마에서 계속 식은땀이 흘러내렸다. 게다가 멀리 떨어진 공까지 쫓아가서 주워오

느라 체력 소모가 심했다. 보다 못한 엄마는 골대 뒤에서 볼보이를 했다. 너무 일찍 지쳐버린 엄마와 아버지가 돗자리에 앉아서 주문했다.

"리프팅만 하고 가자."

리프팅을 제안한 엄마와 아버지의 속셈을 나는 잘 알았다. 리프팅이라는 게 절대로 처음부터 잘되지 않았다. 완벽한 집중력을 요구했다. 이런 식으로 나를 훈련시켰다. 알면서도 나는 해줬다.

"하나, 둘, 셋."

작게 소리내어 숫자를 세었다. 하지만 곧 공이 몸에서 떨어져나왔다.

"어?"

너무 쉽게 떨어졌다. 몇 개를 할까 하고 같이 세면서 잔뜩 기대를 하고 있는 엄마, 아버지에게 창피했다. 다시 시작했다. 그러나 또다시 공이 튕겨져나왔다. 너무 약이 올라서 공을 세게 차버렸다.

"다시 할게. 잘 봐."

나는 공의 움직임에 따라 입까지 실룩대며 집중했다. 엄마와 아버지의 계획은 성공이었다. 나는 안정적인 자세로 리프팅을 했다.

엄마는 편안한 자세로 앉아서 책을 펼쳤다. 따사로운 햇빛, 촉촉한 공기, 아무것에도 가려지지 않는 하늘과 조금씩 움직이며 흩어지는, 비엔나커피 속의 아이스크림 같은 구름을 느끼며 엄마는 한껏 감상에 취했다. 책은 글자만 눈에 들어올 뿐 마음은 이리저리 흩날렸다. 엄마의 멍한 표정을 보면 알 수 있었다.

내가 축구를 하기 시작하면서 엄마는 오로지 내게만 집중했다. 일을 시작한 것도, 매일 출근하는 정규직이 아닌 파트타임으로 한 것도 나 때문이었다. 연습 경기라도 있는 날이면 될 수 있는 한 운동장으로 달려왔다. 한때 시폰 치마를 즐겨 입던 엄마는 이젠 추리닝만 입었다. 나는 엄마가 자신의 인생과 자식의 인생은 다른 거라고 생각했으면 했다. 하지만 엄마는 부모의 열성이 자식의 성공과 비례한다고 믿는 사람 중 하나였다.

*

어젯밤 내린 비 때문에 운동장은 질척거렸다. 공을 찰 때마다 축구화와 바지에 흙이 튀었다. 제대로 스트레칭을 하지 않고 그냥 공을 찼다. 마지막 점검을 받으러 어제 병원에 갔다. 의사는 가벼운 러닝은 괜찮지만 앞으로도 한 달은 운동을 하지 말아야 한다고 겁을 주었다. 하지만 그렇다고 해서 쉴 수만은 없었다. 매일 하던 운동을 하지 않으면 근육이 풀어졌다.

공부와 마찬가지로 운동도 매일, 꾸준히 성실히 해야만 뒤처지지 않았다. 물론 천재도 있다. 예술가나 수학자, 과학자에게만 천재가 있는 건 아니다. 타고난 재능에 성실함과 노력으로 빛나는 축구 스타들이 얼마나 많던지. 그들의 자서전에서 화려한 사진과 함께 피나는 연습을 읽었다. 그래서 천재는 태어나는 게 아니라 만들어 진다는 말에 희망을 품었다.

새벽 조깅, 아침 한 시간 영어 공부, 오전 운동.
점심 식사 후 오후 운동 세 시간.
저녁 식사 후 체력 운동 두 시간.

나의 계획을 노란 포스트잇에 써서 컴퓨터 모니터 앞에 붙여놓 았다. 저녁시간에 너무 많이 컴퓨터를 한다고 눈을 흘기긴 했지만 엄마는 내가 세운 계획에 만족했다. 엄마뿐만 아니라 대부분의 사 람들은 운동선수도 공부를 해야 한다고 충고했다. 엄마는 수업 시 간에 공부 따라가기 힘들면 책이라도 읽으라고 했다. 중학교 땐 그 나마 교과서라도 책상 위에 올려놓았지만 고등학교에 와서는 빈 책상 위에 두 손을 올려놓고 아예 눈을 감았다.

"맨체스터 유나이티드에서 오라고 하면 어떡할래? 그냥 벙어리 할래?"

엄마가 자주 써먹는 자극요법이었다. 이번엔 말을 듣기로 했다. 영어 공부는 단계별로 나누어서 하기로 했다. 영어 공부를 절대로 하지 말라는 사람이 유행시킨 공부법이었다. 나는 영어 테이프를 하루 한 시간씩 듣는 첫 단계를 시작했다.

간신히 한 시간을 버티고 들었다. 그리고 테이프를 정지시켰다. 도저히 더 이상 앉아 있을 수가 없었다. 화장실에 다녀오고 초콜릿을 먹고 나서야 다시 플레이 버튼을 눌렀다. 운동장에서 몇 시간 뛰는 것만큼이나 의자에 앉아서 가만히 듣는 것도 힘들었다. 집중해서 한 단어도 놓치지 않고 들어야 하는데 자꾸만 눈이 감기고 하품이 나고 몸이 뒤틀렸다. 그래서 축구 대신 공부를 하겠다고 뛰쳐나가던 놈들이 다시 돌아오는 모양이었다. 하지만 현수는 돌아오지 않았다. 처음부터 공부를 하겠다고 말하지는 않았다. 축구도 공부도 하지 않는다면 무엇을 할까. 아직 나는 그 두 가지 이외의 인생은 생각하지 못했다.

운동이 끝나고도 나는 산책길을 트래핑 하며 걸었다. 나는 사람들과 반대 방향으로 전진했다. 공을 가지고 트래핑 하다보면 뒤에 오는 사람이 다칠 수 있기 때문이었다. 순발력이 늦은 할머니나 할아버지는 갑자기 튀어온 공을 피하지 못했다. 그래서 나는 사람들에게 보란 듯이 공을 차면서 걸었다. 일종의 경고였다.

여기 공이 가고 있으니까 조심하세요, 알아서 피하세요, 갑자기 뛰어들 수 있어요.

공이 그런 말을 알아듣고 심술을 부리는 것처럼 대머리 아저씨의 머리 위로, 커다란 마스크를 한 아줌마의 얼굴로, 모자를 쓴 할아버지의 코앞으로, 허리가 굽은 할머니 발 앞으로 튀어가곤 했다. 이번엔 담 옆으로 줄 서 있는 오래된 플라타너스를 목표로 삼아서 공을 날렸다. 공이 말을 잘 들어주었다. 우울한 내 마음을 달래주려는 듯 원하는 대로 날아가 주었다.

다른 친구들은 일주일에 두세 번은 연습 경기를 뛰었다. 얼마 안 있으면 형들은 각자 대학으로 떠난다. 그러면 이제 이학년인 우리가 주전멤버가 된다. 이렇게 경기를 뛰지 못하면 내년에 후보로 탈락될지도 몰랐다. 매일 새로운 팀과 경기를 하다보면 실력은 좋아지게 마련이었다. 무엇보다도 나를 위한 빈자리가 없다는 게 불안했다. 대신 뛸 선수는 언제나 차고 넘쳐났다.

다시 있는 힘껏 공을 찼다. 이번엔 공이 말을 듣지 않았다. 이런 적이 한 번도 없었는데 공은 높은 담을 넘었다. 담을 올려다보았다. 맨 위에는 철조망까지 쳐져 있고, 접근 엄금이라는 경고문도 붙어 있었다. 혹시나 담 너머에 있는 누군가가 공을 던져주지 않을까 하고 고개를 치켜들고 서 있었다. 소리도 쳐보았지만 아무런 기척이 없었다.

공을 찾아야 했다. 벌써 몇 년째 발을 맞춘 공이었다. 때로는 지금처럼 배반을 하고 엉뚱한 곳으로 가기도 했지만 서툰 발놀림을 참고 기다려주었다. 그래서 이만큼이라도 축구를 하게 해주었다.

툭하면 성질을 내고 때려버려도 다시 돌아왔다. 이대로 공을 포기할 수 없었다. 나는 철조망이 있는 담 위로 한 발을 디뎠다. 공은 나뭇잎 사이에 처박혀 있었다.

오십 – 삼십 – 이십의 법칙

너무 오랜만이라 학교가 낯설었다. 더군다나 인조잔디를 깐다고 운동장이 파헤쳐 있어서 우리 학교 같지가 않았다. 앞으로 열심히 운동을 해야 하는데 운동장이 저 모양이라서 조금 걱정이 됐다.

"우~."

내가 숙소에 들어서자 아이들이 소리를 질렀다. 먼저 돼지 코치님한테 인사를 했다.

"이젠 괜찮아?"

돼지 코치님이 물었다.

"네. 바로 시합 뛰어도 돼요."

나는 자신 있게 말했다.

"미친놈. 누구 맘대로 시합을 뛰냐? 몸 제대로 만들고 나서 해야지. 괜히 게임 뛴다고 깝죽대지 말고 몸부터 만들어."

첫날인데 돼지 코치님은 내 기를 팍 꺾었다.

"네가 이해해라. 요즘 돼지 코치가 제정신이 아니다. 감독님한테 매일 깨지거든."

슈렉이 내 어깨 위에 손을 얹고 말했다.

"왜?"

"우리 감독, 결벽증 있어. 먼지 하나 있는 꼴을 못 봐. 맨날 청소하고 정리하고 신발 똑바로 놓고, 이불도 규격 맞춰 접어놓아야 되고. 덕분에 우리도 매일 혼나잖아."

하긴 숙소가 너무 깨끗해서 나도 놀랐다. 왠지 긴장됐다.

"쟤는 누구야?"

못 보던 얼굴이 있었다.

"새로 전학 온 놈이야."

"몇 학년인데?"

"우리랑 같아."

슈렉이 탐탁지 않은 눈길로 쳐다봤다. 그렇지 않아도 차고 넘치는 인원인데 전학생까지 받다니, 감독님을 이해할 수 없었다.

"무한경쟁 시대야."

슈렉이 불평을 늘어놓았다.

"무조건 실력으로 승부해라 이건데, 저놈 싸가지도 없어."

바짝 긴장이 됐다. 아무리 열심히 몸을 만들었다 해도 그동안 쉬었던 시간이 너무 길었다. 저녁 운동이 끝나고 간식 시간도 끝나고 잠자기 전까지는 자유 시간이었다. 나는 런닝화를 신고 임시 운동장으로 쓰는 주차장으로 나갔다. 라이트가 없어 캄캄했다. 뛰기 시작했다. 바닥이 딱딱해서인지 조금 아팠다. 땀이 나고 숨이 찼다. 수술한 자리가 시큰거리기도 했다. 그래도 쉬지 않고 계속 뛰었다. 스피드가 나의 가장 큰 특기였다. 스피드를 살리기 위해선 뛰고 또 뛰는 수밖에 없었다.

러버콘을 일렬로 깔았다. 일자로 뛰는 건 어느 정도 할 수 있지만 꺾어 뛰기는 되지 않았다. 몸이 유연해야 하고 수비수를 따돌리기 위해서 순간적으로 확 꺾어서 달려야 했다.

"어디 갔다왔어?"

운동을 끝내고 들어가자, 돼지 코치님이 인상을 썼다.

"운동, 하고 왔는데요."

나는 조심스럽게 말했다. 핸드폰이 없어서 시간을 확인하지 못했다.

"뭐, 운동? 운동도 좋지만 시간을 지켜야 할 거 아냐?"

돼지 코치님의 말투에 기분이 상했다. 다른 것도 아니고 운동하다 왔는데 칭찬은 못 해줄망정 왜 저러는지 모르겠다.

"조심해. 형들이 밤에 몰래 나갔다가 들켜서 그래."

슈렉이 어깨를 두드려주었다. 찬노는 오랜만에 봤는데도 말 한 마디 없었다. 그래도 제일 오랫동안 본 사이인데 조금 섭섭했다.

운동 시간에 나는 계속 러닝만 했다. 학교운동장 대신 쓰는 공설 운동장 트랙은 무지하게 길었다. 양키 감독님이 오셨다.

"안녕하세요?"

나는 쭈뼛대며 인사했다.

"그래. 열심히 몸 만들어."

양키 감독님은 무덤덤하게 말했다.

*

"어서 재라."

코치님이 소리쳤다. 시합 나가기 전, 출전표에 기록하기 위해 키를 쟀다. 감독님이 바뀌고 출전하는 첫 전국대회라서 신경을 많이 쓰는 것 같았다. 몸무게는 매일 재고, 컨디션은 운동 나가기 전 몇 퍼센트인가 체크했다. 보통 컨디션이 팔십 퍼센트 정도면 기량을 발휘할 수 있는 조건이 됐다. 나는 복귀한 후 거의 삼십에서 사십 퍼센트를 오락가락했다. 물론 정확하지는 않았다. 나의 기준으로, 내 느낌으로 그 정도라고 생각하는 거였다. 그만큼 아직 자신이 없었다. 자신이 스스로 쓰는 컨디션은 자신감을 나타내는 숫자이기도 했다.

땅콩은 맨 마지막으로 쟀다. 아무도 모르게 슬쩍 올라갔다가 얼른 내려왔다. 속으로 웃음이 나왔지만 그 형의 마음을 알 것도 같았다. 나 역시 키 때문에 스트레스를 받았다. 중학교 때까지만 해도 우리 팀에서 내가 제일 컸다. 내가 선배들 게임에 올려뛰기를 한 것도 사실 키 덕분이었다. 키가 크면 일단 자신감이 생겼다. 함부로 얕보지 못했다. 집에 올 때마다 벽에 세워놓고 키를 재던 엄마와 아버지도 이제는 포기한 듯했다. 내가 스트레스를 받을까봐 더 이상 키재기는 하지 않았다.

"그동안 키 많이 컸네."

집으로 왔을 때 그렇게 말하는 엄마의 말은 전혀 위로가 되지 못했다.

"뭐가 컸어? 똑같아. 이제 안 큰단 말이야."

나도 모르게 벌컥 화를 낸 적도 있었다.

"이거 정성껏 먹어라. 이거 먹으면 키 큰대."

엄마는 여러 가지 약들을 챙겨다주었다. 키가 큰다는 한약, 비타민과 칼슘, 장어, 미꾸라지, 사슴, 성분이 모호한 가루약 등을 꾸준히 날라다주었다. 효과는 눈으로 확인할 수 없었다.

"이거 먹으면 키도 크고 스피드도 좋아진대."

엄마는 인터넷을 뒤져서 새로운 것을 또 찾아냈다. 하루 두 번, 한 숟가락씩 먹어야 한다고, 밥 먹은 다음에 한 숟가락을 아예 입에 넣어주기까지 했다.

"이, 삼 센티미터는 더 클 거 같은데."

병원에서 수술받고 난 후, 체크하러 갔을 때 의사가 그랬다.

"정말요?"

그때 엄마는 너무 좋아서 큰 소리로 웃었다.

*

갑자기 애들이 술렁였다.

"뭐야?"

노트북을 켜놓고 스케줄을 짜고 있던 돼지 코치님이 소리쳤다. 민혁이가 훌쩍이고 있고, 그 옆에 땅콩이 고개를 푹 숙이고 있었다. 키 큰 민혁이와 키 작은 땅콩이 돼지 코치 옆에 나란히 서 있는 게 우스워 보였다.

"들어와."

돼지 코치님이 둘을 방으로 불러들였다.

"민혁이 이제 죽었다."

슈렉이 말했다.

"왜 그래?"

애들이 슈렉 앞으로 모였다.

"민혁이 놈이 키가 계속 큰다고 짜증난다고 했거든. 이제 그만 컸으면 좋겠다고."

무슨 말인지 알 만했다.

오후 운동 시작 전, 미팅이 있었다. 요즘 돼지 코치님은 우리 팀을 최강으로 만들기 위해 고심하고 있었다. 나름 열심히 공부했다. 틈틈이 인터넷에서 자료를 찾아 쉬는 시간에 읽기도 했다. 성적을 내지 못하면 돼지 코치님도 위태롭기는 마찬가지였다.

돼지 코치님은 화이트보드에 오십-삼십-이십이라고 크게 썼다.

"이게 무슨 뜻인지 알겠어?"

돼지 코치님이 우리를 보고 물었다. 우리는 모르는 게 당연하다는 듯이 한꺼번에 고개를 저었다.

"공부 좀 해라."

돼지 코치님은 어차피 기대하지도 않았다는 표정이었다.

"우리가 축구를 하는 데 정신력이 오십, 실력이 삼십, 운이 이십이라는 말이야."

코치님은 우리를 훑어보았다.

"우~ 우."

우리는 코치님을 야유했다.

“그게 문제라니까. 왜 자신을 믿지 않아? 정신력, 실력, 운에 조건이 있어? 키는 몇이어야 하고, 얼굴은 잘생겨야 되고, 집은 부자여야 한다는 조건이 있느냐고?”

코치님은 열변을 토했다. 우리는 한순간 엄숙해졌다.

“모두 자기 자신에게 달려 있는 거야!”

돼지 코치님이 정말 달라졌다. 예전의 돼지 코치가 아니었다. 코치님은 계속 얘기했다. 나는 땅콩을 쳐다보았다. 그 순간 눈이 마주쳤다. 나는 얼른 눈을 내리깔았다.

‘희망적인 말 아닌가.’

내 귀에는 다른 어떤 말도 들리지 않았다. 운은 나도, 다른 누구도 어쩔 수 없는 것이다. 하지만 정신력과 실력은 모두 나에게 달려 있었다. 오로지 나만이 할 수 있을 뿐이다. 내가 팔십을 가진 사람이 된 것 같았다.

*

공설운동장의 관중석이 꽉 찼다. 축제 같았다. 프로축구 경기보다 사람들이 더 많았다. 필승을 기원하는 플래카드도 팽팽하게 매달려 있었다. 미니스커트를 입은 밴드부 여자아이들은 트럼펫을 불며 몸을 흔들었다. 밴드부의 유행가 반주에 나도 모르게 발끝이

까딱거렸다.

방송국 카메라도 왔다갔다하고, 마포자루 같은 붐 마이크도 바로 앞에 있었다. 우리가 하는 얘기가 다 들릴까봐 우리는 바보처럼 작은 목소리로 소곤거렸다. 폼에 죽고 사는 양키 감독님은 양복을 쫙 빼입고 나왔다.

"여기까지 온 것도 대단하다. 열심히 하자."

바로 앞에 마이크가 있어서인지 양키 감독님은 말도 멋있게 했다. 바로 어제, 준결승전에서는 전반전이 끝나자 조용히 얘기했다.

"버스로 가."

그건 지옥으로 오라는 말이었다. 버스에서 일어난 일은 쉽게 상상할 수 있었다. 버스에서 나온 선수들의 뺨이 조금씩 빨갰다. 한 형은 귀를 감싸고 있었다. 나중에 안 일이지만 제일 앞에 있다가 첫 번째로 제대로 맞았다, 고막이 터졌다고 했다.

어쨌든 버스에 갔다온 후, 후반전에 두 골을 넣어 이겼다. 그래서 결승전까지 온 거였다. 양키 감독님의 힘이 컸다.

시합에 이기면 그다음 시합을 준비해야 했다. 감독님들은 시합이 끝나더라도 절대로 느슨하게 풀어주지 않는다. 시합이 끝나고 나서도 마음 편하게 쉬면서 놀아본 적이 없었다.

시험 보는 날 아침 혹시 무슨 사건이라도 터져서 시험 보지 않기를 바라는 학생처럼, 시합이 연기되기를 바란 적도 있었다. 아무리

비가 많이 오고, 바람이 심하게 불더라도 경기는 했다.

그래서 나는 간혹 볼 수 있는, 출근하는 아버지의 표정을 이해할 수 있었다. 집을 나서면서부터 주머니 속의 라이터를 만지작거리는 아버지는 엘리베이터에서 내리자마자 담배에 불을 붙였다. 하루를 헤쳐나가기 위한 에너지 공급 방식이었다.

그 에너지가 강력하다거나 엔도르핀을 유발시키지 않는다는 것쯤은 이미 알고 있었다. 즐겁고 좋을 때는 담배를 피우지 않았다. 운동장에서 경기를 보며 아버지들은 줄담배를 피웠다. 초조함과 아쉬움을 달래는 담배의 역할에 대해서 많이 봐왔다. 그래서 담배에 대한 호기심은 별로 없었다. 좀 더 근사한 모습으로 담배를 피우는 아버지였다면 몰래 한 번쯤 피워보았을 것이다.

지금은 그 모든 게 그립기만 했다. 언제나 예전처럼 시합을 뛸 수 있을까.

산과 호수로 둘러싸인 이 지방에서 축구의 열기는 대단했다. 축구 시합이 있는 날이면, 사람들은 비록 아마추어 고등학생의 경기라도 운동장으로 몰려왔다. 더군다나 이 지역의 학교가 결승전에 오른 날이면 거리의 상점들은 대부분 문을 닫았다. 그리고 일찌감치 경기장에 와 앉아 있었다. 중요한 사실은 입장료를 내고 들어오며 이걸 당연하게 생각한다는 것이다. 지역 주민들의 축구에 대한 매너가 훌륭했다.

우리가 밥 먹는 식당의 주인 아저씨와 아줌마는 아침밥을 먹는 동안 서로 오려고 큰 소리로 싸우기까지 했다.

"걔네들 밥에 약 좀 넣어."

"밥 맛있게 해주면 안 돼."

이 지역 팀의 우승을 위하여 협박 아닌 협박을 받았다고 주인 아저씨는 너스레를 떨었다. 비록 우리 밥을 해주지만 속으로는 자기네 지역 팀을 응원할 게 뻔했다.

몸을 풀면서도 우리 선수들은 얼떨떨한 기분인 것 같았다. 하긴 상대팀의 분위기에 완전히 주눅들 만했다. 학교 밴드부와 응원단도 모자라 동문회 밴드부까지 동원돼 시합 전부터 신나게 응원을 펼쳤다.

그에 비하면 버스 열 대를 대절했다고 하나 얼마 되지 않은 우리 학교 응원석은 초라했다. 그래도 대단한 일이었다. 축구부 역사상 최초의 결승전 진출이었다. 교장선생님을 비롯한 학교 선생님도 많이 왔다. 완전 대박이었다.

상대편 응원단은 멋졌다. 남학생들이 파란 교복 윗도리를 박자에 맞춰 열었다가 닫았다. 다이내믹한 춤은 볼수록 신이 났다. 우리학교 여학생들도 까르르거리며 넘어갔다.

이 시합에서 이기는 게 무리였다. 관중의 구십 퍼센트가 적군을 응원했다. 그래서 우리는 기가 죽었다. 무엇보다도 관중에게 익숙

하지 않았다. 많은 관중 앞에서 어떻게 해야 하는지 몰랐다.

결국 시합은 졌다. 선수들은 무슨 큰 잘못이라도 저지른 것처럼 고개를 푹 숙였다. 그런 포즈는 습관성이었다. 그러자 양키 감독님은 또 폼을 잡았다. 어깨를 두드려주고, 엉덩이를 치고, 등을 토닥여주었다. 괜찮다, 수고했다는 제스처였다. 감독님은 프로였다. 우리는 아직 아마추어였다.

나는 주전이 아니었다. 시합에 뛸 수 없으니까 주전자라도 들어야 했다. 주전자 대신 아이스박스에 얼음을 가득 채웠다. 시합이 끝나자 바빠졌다. 아이스박스 뚜껑을 열고 한 손엔 이온음료를 다른 손엔 얼음물을 적신 수건을 들었다.

무엇이 필요하신가요, 선배님. 말씀만 하세요. 얼른 대령하겠습니다.

나는 준우승이 기쁘지만은 않았다. 내가 도움이 된 게 전혀 없었다. 기념사진을 찍으면서도 활짝 웃어지지 않았다.

"야, 이거 들고 가."

코치님과 감독님의 헹가래까지 다 끝나고 버스를 타러갈 때 트로피를 들고 있던 땅콩 형이 불렀다. 얼떨결에 두 손으로 트로피를 안았다. 떨어뜨리지 않으려고 품에 꼭 껴안았다. 트로피가 얼굴 가까이에 와닿았다. 나는 입술을 트로피에게 갖다 댔다.

'나, 내년에도 너에게 키스하게 해줘. 그땐 내가 주전이거든.'

나는 트로피를 꼭 껴안은 채 걸었다.

*

드디어 연습 경기였다. 얼마만의 경기인지 감격스러웠다. 우리가 몸을 풀고 있을 때 양키 감독님은 벤치에 앉아서 수첩에 무엇인가를 적었다. 가끔 우리를 한번 쳐다보고는 다시 수첩에 메모를 했다. 아마도 스타팅멤버를 짜는 것 같았다.

"뭐야? 다들 쉬는 거야?"

경기에 들어갈 수 있는 삼학년이 몇 되지 않자, 감독님은 화를 냈다. 전국대회 준우승 후, 형들은 몹시 달라졌다. 자기네들이 세상에서 제일 잘난 것처럼 거들먹거렸다. 당연히 우리 후배들은 더 힘들어졌다. 더 열받는 건 돼지 코치님이 그런 형들을 그냥 내버려둔다는 것이다. 몸이 안 좋다는 이유로 운동을 아예 쉬는 형들도 있었다.

"너네들, 저리로 가."

양키 감독님은 삼학년 형들은 아예 빼버렸다. 우리 이학년들만으로 멤버를 짰다. 나는 뛰고 싶었다. 무조건 뛰고 싶었다. 나는 이미 돼지 코치님한테 피지컬 테스트를 받고 통과했다. 복귀해서 다른 애들과 똑같이 패싱 게임도 많이 했다. 얼마든지 할 수 있었다.

양키 감독님 앞에 섰을 때, 난 일부러 고개를 들었다. 계속 감독님만 쳐다봤다. 감독님은 포지션별로 주의사항을 얘기했다. 특히 센터포드의 적극성과 수비수의 안정성을 강조했다. 나에겐 그런 말이 아무 필요가 없었다. 그저 시합만 뛸 수 있다면 잘할 수 있었다. 오로지 그 생각만 했다.

드디어 감독님이 출전 선수 이름을 불렀다. 골키퍼까지 열한 명의 이름을 다 불렀지만 내 이름은 불리지 않았다. 힘이 쭉 빠졌다. 내 자리엔 새로 전학 온 놈이 들어갔다. 슈렉도 들어갔다. 중앙 수비수 형이 부상을 당해서 슈렉은 계속 게임을 뛰어왔다. 잘하면 주전으로 자리를 잡을 것 같았다. 남의 행복이 나의 불행이란 말이 그래서 이 세계에서 돌았다.

상대 팀은 전통 있는 명문학교였다. 거기다 모두들 키도 크고 체격도 좋았다. 그런데 내 예상과 달리 우리 애들이 훨씬 잘했다. 나 없는 동안 실력이 많이 좋아졌다.

"와, 골이다."

새로 전학 온 놈이 넣었다.

"쟤, 좀 하더라. 내년에 이름 좀 날릴 것 같던데?"

형들이 칭찬을 했다. 한 골을 넣고 으스대는 꼴이 영 거슬렸다. 그놈은 키도 크고 빠르고 얼굴도 곱상했다. 모델을 해도 될 것 같은 체격 조건이었다.

"이제 넌 끝났어."

땅콩이 내 어깨를 치며 기분 나쁘게 말했다.

"부상당했다가 복귀해서 성공하는 놈 못 봤어."

입술 끝을 올리며 말하는 표정이 야비해 보였다.

"이제 어떡하냐?"

땅콩이 계속 약을 올렸다.

'너나 잘해라. 키는 땅콩만 해가지고.'

나는 고개를 획 돌려버렸다.

전반전이 끝났다. 센터들이 사이좋게 하나씩 골을 넣었다. 이 대 영으로 이겼다.

후반전, 상대편 선수들이 거칠어졌다. 안 봐도 비디오였다. 그 감독님이 얼마나 욕을 하고 야단을 쳤는지. 전학 온 놈이 공을 잡으면 수비형 미드필드부터 악착같이 달라붙었다. 그래도 전학 온 놈은 전진했다. 그러자 뒤에서 백태클을 했다.

"아!"

비명 소리가 컸다. 돼지 코치님이 안으로 달려 들어갔다. 전학 온 놈은 한참 동안이나 일어서지 못했다. 코치님의 부측으로 절뚝거리며 나왔다.

양키 감독님이 내 이름을 불렀다. 그놈 대신 들어가게 됐다. 나는 두 주먹을 쥐고 뛰어 들어갔다. 긴장이 됐다. 공이 자꾸 튕겨져나갔다. 몸이 너무 굳어 있었다. 예전의 내 몸이 아니었다.

라인 밖에서 전학 온 놈은 얼음을 랩에 싸서 발목에 감은 채 경기를 보고 있었다.

'만약 부러졌다면 한두 달은 쉬어야 하는데. 그리고 다시 복귀하려면…….'

그러면, 내가 뛸 수 있었다.

*

공원처럼 깨끗하고 잘 가꾸어진 축구센터는 몇 개의 구장이 있었다. 인조잔디는 비에 젖어서 차갑게 느껴졌다. 거친 숨소리와 욕설이 조용한 경기장 안에서 크게 들렸다. 태클을 걸 때마다 축구화끼리 부딪치는 소리가 울려퍼졌다.

나는 경기장 라인 밖에서 몸을 풀면서도 마음은 라인 안, 경기장 안에 있었다. 지난번 전학 온 놈 대신 잠깐 뛰긴 했지만 만족스럽지 못했다. 그렇다고 계속 구경만 할 수는 없었다. 계속 경기를 하면서 몸을 풀고 적응시켜야 했다.

경기를 보러 학부모들이 많이 와 있었다. 계속 담배를 피워대는 아버지들은 심각한 표정이었다. 부모들은 두 부류였다. 높은 관심으로 항상 운동장을 쫓아다니거나 아니면 아예 나타나지 않거나.

어떤 부모의 자식이 운동을 잘한다고 말할 수는 없다.

카리브 해 서인도제도 출신인 앙리의 아버지는 아들의 축구를 위해서는 물불을 가리지 않았다고 했다. 경비원이었던 그의 아버지는 아들을 축구장에 데려주다가 교대 시간을 맞추지 못해서 해고된 적도 있다고 했다. 또 아들이 시합 도중 다치자, 경기장으로 뛰어들어 가서 심판과 주먹다짐까지 했다고 한다. 엄마가 신문에서 스크랩한 기사에서 읽었다.

나는 몸을 풀면서 양키 감독님 얼굴을 쳐다봤다. 혹시 나를 부르지 않을까, 눈을 맞추려고 했다. 더군다나 엄마까지 왔다. 혹시 내가 뛰지 않을까, 기대하고 있을 것이다. 전학 온 그놈은 멀쩡했다. 하루도 운동을 쉬지 않았다. 쉬는 시간 동안 얼음찜질을 하고는 그만이었다.

전반전이 끝났다. 양키 감독님이 수첩을 보더니 내 이름을 불렀다. 나는 얼른 무릎보호대를 챙겼다. 휘슬이 울리자, 제일 먼저 들어갔다. 가슴이 쿵쾅거렸다. 상대편 놈들은 거칠었다. 무조건 몸 먼저 갖다 댔다. 도무지 물러서는 법이 없었다. 하긴 계속 욕설을 퍼부어대는 그 감독님을 보면 이해가 됐다.

"뒤로 물러서지 마!"

양키 감독님도 지기 싫은지 소리쳤다.

"야, 받아!"

찬노가 내 이름을 불렀다. 공을 받았지만 상대 수비들이 가로막았다. 어디로 공을 패스할지 막막했다. 옆에 다시 찬노가 와 있었다. 나는 찬노에게 패스했다. 내가 찬 공은 너무 힘이 없었다. 찬노에게 가기도 전에 잘려버렸다.

"미안."

나는 손을 들어 찬노에게 미안하다고 했다. 등에서 식은땀이 났다. 공이 높게 왔다. 헤딩을 떴다. 같이 뜬 상대편 놈이 내려오면서 밀었다. 나는 그대로 엎어졌다. 공은 벌써, 저 앞으로 가 있었다.

마음 같지 않게 나는 자꾸 넘어졌다. 나는 몸을 사렸다. 또다시 다치면 안 된다. 그 생각이 꽉 찬 내 몸이 움츠러들었다. 그리고 공을 받으면 어디로 패스해야 할지 판단이 서지 않았다.

"레퍼리"

양키 감독님이 심판을 보는 코치님을 불렀다. 그리고 내 이름도 불렀다. 후반전도 채우지 못하고 교체됐다. 고개를 푹 숙이고 나왔다. 라인 밖으로 나와서 걸어가는데 발 앞에 빈 생수통이 걸렸다. 나는 생수통을 걸어차버렸다. 빈 생수통은 통통거리며 튕겨져나갔다. 소리가 요란했다. 모두들 나를 쳐다봤다.

"이리 와."

양키 감독님이 불렀다.

"너, 지금 교체됐다고 기분 나빠서 그러는 거야?"

양키 감독님이 화가 난 목소리로 물었다.

나는 고개를 푹 숙였다.

"고개 들어."

양키 감독님의 손이 뺨으로 날아왔다. 눈앞이 번쩍했다.

"축구 잘하고 못하는 거, 중요하지 않아. 난 못한다고 혼내지는 않는다."

모든 시선들이 쏠렸다.

"지금, 너 몸도 완전히 만들지 않았잖아. 안 되면 할 수 없는 거지. 그러다 또 다치면 어떡할 건데?"

나는 눈물을 꾹 참았다.

학교버스 창에 머리를 기대고 앉아 멍하니 밖을 내다보았다. 버스정류장을 지나치는데 혼자 앉아 있는 엄마가 보였다. 고개를 돌려 엄마가 보이지 않을 때까지 쳐다보았다. 시내로 나가는 버스는 드물어서 오랫동안 기다려야 할 것이다. 해가 지기 시작하는 국도의 정거장 간이의자에 앉아 있는 엄마는 쓸쓸해 보였다.

저녁 늦게 엄마에게 전화했다.

"엄마, 아까 왔었지?"

나는 조심스럽게 물었다.

"뭐 하러 왔어?"

"아들 보러 갔지."

엄마 목소리는 씩씩했다.

"저녁 먹었어?"

나는 응, 하고만 대답했다. 숙소에서 하는 전화는 늘 단답식이었다. 내 대답이 응, 아니, 두 가지밖에 없다고 엄마는 늘 불만이었다. 엄마가 전화를 끊기 전 말했다.

"너, 노래 좋아하지?"

"왜?"

엄마의 뜬금없는 소리에 내가 물었다.

"축구를 잘하려면 리듬을 잘 타야 된다면서?"

엄마가 애써 명랑한 척했다.

"누가 그래?"

엄마의 축구에 대한 저 집착을 말릴 수 없었다.

"탱고 알아?"

엄마는 대답 대신 수화기에 대고 입으로 박자를 맞추었다.

"못 들어봤어?"

"응."

나는 반응하지 않았다.

"탱고가 가장 좋은 연습 방법이래."

엄마가 또 시작했다. 리듬을 타면서 뛰는 거라고, 뛰면서 리듬을 바꾸고, 옆구리를 움직이고 허리와 다리 운동을 하는 거라고 엄마는 계속 설명했다.

"알겠어?"

나는 대답하지 않았다.

"진짜야. 집에 오면 같이 연습해보자고."

엄마는 아까 일에 대해서 한마디도 하지 않았다.

"그거 잘 먹고 있어?"

엄마가 물었다. 그거란 귀가 얇은 엄마가 누군가의 말을 듣고 만든 천연 칼슘이었다. 멸치, 다시마, 검은콩, 홍화씨, 녹각 등의 가루를 한꺼번에 섞어서, 약국에서 산 가장 큰 용량의 캡슐 안에 넣었다. 지난번 집에 갔을 때 엄마는 거실 바닥에 앉아 오랫동안 그 작업을 했다. 그리고 가끔가다가 주문을 외웠다. 키가 크기를, 뼈가 무쇠처럼 단단해져서 절대 다치지 않기를.

"응."

나는 또 그렇게 대답했다.

부상은 내 운명

청소년 대표 선발

올림픽 대표 선발

K리그 데뷔

국가 대표 선출

월드컵 출전

J리그 진출

프리미어리그 진출

내 인생의 프로필은 저렇게 화려할 수 있을까.

나는 공을 차는 인생을 선택했다. 내 인생은 오로지 그 길을 가는 것이라고 믿었다. 한 가지를 선택한다는 것은 많은 것을 포기한다는 의미이기도 했다. 그 정도는 감수할 수 있었지만 인생이라는 게 마음대로 되지는 않는다는 걸 어렴풋이 깨달았다.

나는 연습 경기를 하다가 또 부상을 당했다. 머리를 다쳤다. 사고의 순간은 전혀 기억나지 않았다. 남의 몸처럼 내 몸의 아둔함이 느껴질 때마다 팔이나 다리가 부러졌더라면 얼마나 좋았을까, 생각했다. 그 정도의 부상이라면 감사했을 것이다.

*

"다시 공 차고 싶은 생각 없어?"

한의사는 침을 꽂아놓고 물었다.

"정말 축구 안 할 거야?"

나는 눈을 꼭 감고 대답하지 않았다.

누구보다도 내 몸의 상태를 잘 아는 한의사가 저런 말을 하다니, 혹시 돌팔이가 아닐까. 여기 왼쪽 팔과 다리에 꽂힌 침이 안전한지 모르겠다.

내가 침을 꽂고 누워 있는 동안 치료실 옆에 있는 진료실에서 엄마는 한의사와 종종 밀담을 나눴다. 한의사는 매일 침을 놔주면서도 언제쯤 정상적으로 돌아올지는 확실하게 말해주지 않았다.

“웃는 게 제일 좋아.”

많이 웃고 긍정적으로 생각할수록 빨리 낫는다고 행복전도사처럼 말하는 한의사를 엄마는 대단히 신임했다. 그래서 웃는 연습까지 시켰다.

“하하하, 호호호, 히히히…….”

나는 책상 앞, 의자에 앉아 바보처럼 입을 벌렸다.

“웃는 것도 참 힘들구나.”

내가 굳은 얼굴로 억지 웃음소리를 내자, 엄마는 이제야 새로운 것을 깨달은 것처럼 말했다. 그리고 내게 달려들어 겨드랑이에 손을 넣고 간지럼을 태웠다. 나도 웃고 싶었다.

침을 다 맞고 나자, 한의사가 걸어보라고 했다. 시키는 대로 걷다가 뒤로 돌아섰다. 역시나 오른쪽으로 중심이 기울었다. 비틀거렸다.

＊

“어, 이상해!”

병원에서 제일 처음 정신이 들었을 때, 나는 그렇게 소리쳤었다. 내 몸이 다른 사람의 것처럼 내 마음대로 되지 않았다. 오른쪽 다리는 무겁고, 오른쪽 팔은 잘 쓸 수 없어서 밥도 먹을 수 없었다.

또 얼굴 근육도 마비돼 표정없는 인조인간처럼 보였다. 거기다 나는 바보처럼 말했다. 아무도 없는 병원 휴게실에 엄마와 둘이 마주 앉아서 발음 연습을 하며 시간을 보내기도 했다.

"하나, 둘, 셋, 넷, 다섯……."

백까지 세고 나서는 물을 한 컵 마셨다.

"가 갸 거 겨, 아 이 우 에 오."

입안에서 혀를 움직여 말소리를 내는 것도 내 마음대로 되지 않았다. 아직 여자하고 키스 한번 못 해본 신성한 입에서 바보같은 소리가 나게 할 수는 없었다. 그래서 매일 침을 맞았다.

"그래도 지금껏 해왔는데 포기하지 말고 희망을 가져."

치료실을 나가려는데 한의사가 그렇게 말했다. 이상한 의사였다. 자기 본분에 맞게 침이나 놓으면 그만이지, 남의 인생까지 간섭했다. 지금 내 몸으로 다시 축구를 할 수 있다는 건 거짓말일 것이다.

*

내겐 존재하지 않는 삶이 생겼다. 나는 전혀 기억할 수 없었다. 내 기억에 존재하지 않는 며칠 때문에 인생이 달라지다니…… 억울했다.

나는 어느 한 부분의 기억이 없다는 게 얼마나 치명적인지 경험
했다. 나는 아무 기억이 없는데 어느 날 깨어보니 내가 아닌 다른
사람이 돼 있었다. 그라운드를 가로지르던 내가 제대로 걸을 수조
차 없게 됐다.

나는 현실을 인정하지 못했다. 나는 왜 내 몸이 이상하게 됐는지
전혀 이해할 수 없었다. 엄마와 아버지가 아무리 설명해도 받아들
일 수 없었다. 운동장에서 응급실로, 중환자실로 그리고 일반 병실
로의 과정이 전혀 생각나지 않았다. 심하게 몸을 움직여서 양손과
다리를 묶인 채 중환자실에서 일주일이나 있었다는 것은 최근에야
알았다.

"밥은 어떻게 먹었어?"

"간호사가 먹여줬지. 좋잖아. 예쁜 간호사 누나가 먹여주니까."

"그럼, 화장실은?"

그 대목에서 엄마는 입을 꼭 다물었다.

나는 내가 온몸이 묶인 채, 기저귀까지 채워져 있었던 일주일을
상상하기 어려웠다. 하루 두 번의 면회 시간을 위하여 온종일 중환
자실 앞 의자에 앉아서 기도했던 엄마와 옥상에 올라가 줄담배를
피운 아버지의 슬픔도 몰랐다. 중환자실의 문틈으로 나를 들여다
보다가 쫓겨나던 엄마가 쏟았던 눈물을 알 길이 없었다.

한 달 동안의 병원 생활은 끔찍하게 무료했다. 머리는 언제나 그

래왔던 것처럼 아프고 어지러웠다. 이른 저녁을 먹고 약을 먹으면 곧장 잠이 들었다. 텔레비전 소리를 들으면 머릿속이 윙윙거렸다. 컴퓨터도 할 수 없고, 노래도 들을 수 없고, 책도 볼 수 없고…… 아무것도 할 수 없었다. 시계를 보고 밥차가 오기를 기다려 엘리베이터 앞에 서 있는 게 가장 중요한 일과였다. 엄마 손을 잡고 복도를 걷다가 힘이 들면 잠을 잤다.

나는 할 일이 없는데 엄마와 아버지는 잠도 제대로 자지 못하고 회사도 가지 못했다. 나 혼자서는 일상생활이 되지 않았다. 밥도 엄마가 먹여줘야 했고, 환자복 바지의 끈을 풀 수 없어서 화장실도 혼자 가지 못했고, 샤워도 해줘야 했다. 그나마 양치질은 왼손으로 대충했다.

엄마와 아버지와 나, 우리 셋은 이십사 시간을 붙어다녔지만 말은 거의 하지 않았다. 엄마와 아버지도 갑작스럽게 맞닥뜨린 충격이 너무 커서 내게 희망이나 위로의 말을 해줄 여유가 없었다. 그동안은 축구 얘기가 주된 대화여서 더욱더 할 얘기가 없어졌다. 그리고 나는 병원 아닌 바깥 세계에 대한 어떤 얘기도 듣고 싶지 않았다. 결국, 아무 얘기도 할 게 없었다.

난 육인용 병실에서 들리는 텔레비전 소리를 참을 수 없었다. 누군가 텔레비전을 켜놓으면 확 꺼버렸다. 다행히도 우리 병실의 환자들은 뇌졸중으로 쓰러진 무의식 상태의 할아버지들뿐이었다. 환자의 보호자와 간병인들은 드라마의 열렬한 팬들이었으나 나 때문에 소리를 영으로 해놓고 작은 모니터 앞에 모여서 봤다. 속눈썹이 길고 가녀린 몸매의 간호사가 병실에선 환자 우선이라고 선언함으로써 내 싸가지 없는 행동에 정당성을 부여해주었다.

퇴원만 하면 난 예전처럼 내가 좋아하는 것들을 할 수 있을 거라고 생각했다. 그래서 의사가 회진을 돌 때마다 줄기차게 물어댔다. 언제 퇴원해요? 몸집이 작은 대머리 의사는 내가 복도까지 따라가서 물어대면 슬그머니 뒤로 물러서서 방어 자세를 취했다. 내가 축구 선수였지, 권투 선수 출신이 아닌데도 두려워하는 것 같았다. 이제는 컴퓨터를 켜고, 미니홈피에도 들어가고, 검색도 한다. 하지만 예전처럼 게임은 하지 않고, 노래도 듣지 않는다. 별로 재미가 없었다. 텔레비전도 마찬가지였다. 얼굴의 근육이 풀어지고 자연스러운 표정이 될 때면 예전의 즐거움을 찾을 수 있을까.

나는 아직도 하루 세 번의 약을 먹어야 하고, 집에서도 할 일이 없었다. 시간은 너무 천천히 흘러갔다. 축구를 할 때는 하루가 너무 짧았는데…….

*

"초코칩 먹을래?"

엄마가 초코칩 하나를 흔들어 보였다. 나는 싫다고 고개를 흔들었다. 내가 병원에 있을 때 집착했던 초코칩. 눈만 뜨면 가게로 가서 무조건 초코칩을 몇 개씩이나 집어들고 나왔다던 나. 내가 유난히 좋아했던 과자가 초코칩이었다. 사람에게 무의식이 있다는 게 신기했다. 얼마나 초코칩을 먹어댔던지 몸무게가 이 킬로그램이나 늘었고, 눈에 확 띄게 배만 볼록 튀어나왔었다고 했다.

"이제 그만 먹어."

보다 못한 엄마나 아버지가 말해도 나는 무조건 입에 꾸역꾸역 밀어넣고 나서 이렇게 얘기하곤 했다고 한다.

"나, 초코칩 못 먹게 하면 죽어버릴 거야. 다 잊고 싶어서 먹는 거야."

하지만 초코칩에 대한 기억은 하나도 없었다. 죽으려고 했다는 것은 기억이 난다. 끊임없이 어떻게 죽을까, 연구하기도 했다. 그런데 그 죽음이란 게 원래의 나로 돌아가고자 하는 방법이라고 생각했다. 그때 내가 정신이 좀 이상했었던 것이다.

난 정말 잠깐 사차원 세계로 와 있는 줄 알았다. 축구선수였던 내가 제대로 걷지도 못하고 말도 못하고 혼자 밥도 못 먹는 세계는 현실이 아닌 줄 알았다. 그래서 다시 현실 세계로 돌아가려고 했다. 사차원 세계를 어서 빨리 탈출해야만 했다. 그래서 예전의 나로 돌아가야 했다. 그러려면 내 몸을 어딘가에 부딪쳐 뚫고 나가야 했다. 그런데 최대의 걸림돌이 엄마와 아버지로 분장하고 나타난 마귀할멈과 악마였다. 마귀할멈과 악마는 끊임없이 나를 감시하고 방해했다.

병원 내 침대 아래, 간이침대에서 자던 엄마는 이른 새벽, 내가 몰래 탈출하려고 하면 어김없이 눈을 떴다. 침대 아래로 살며시 발을 내려놓으면 두 손으로 내 발목을 잡았다.

어느 날, 엄마가 깨어나기 전 병실 밖으로 나와 엘리베이터 앞에 섰을 때도 엄마가 내 팔을 잡았다.

"마귀할멈!"

내 탈출을 방해하는 마귀할멈에게 소리 질렀다. 마귀할멈의 감시를 피할 방법이 도무지 없었다. 무조건 집에 가겠다고 난리를 피워서 잠깐 퇴원했을 때, 아파트 구층, 복도 베란다에서 뛰어내리려고 했다. 그때는 아버지가 끌어내렸다. 두 번째 시도했을 때는 엄마가 끌어내렸다. 그 상황에서 난 생일을 기억해냈고 미역국도 먹지 못한 생일 다음 날 다시 입원했다.

팔 층 병원의 입원실 창문은 방충망과 안전장치가 돼 있었다. 고개를 내밀 수가 없었다. 복도로 거닐면서 끊임없이 탈출구를 찾았다. 물론 마귀할멈과 악마는 내 뒤를 졸졸 쫓아다녔다. 복도 창문을 열고 손으로 흔들어봐도 안전망은 뜯어낼 수 없었다. 휴게실의 방충망을 뜯어내고 고개를 내밀었지만 그것도 역시 쇠막대에 가로

막혔다.

병원 옥상을 생각해냈다. 옥상은 출입금지일 뿐만 아니라 굳게 잠겨 있었다. 내가 실망하고 돌아서자 마귀할멈과 악마는 그것 봐, 안 되잖아, 그런 표정으로 만족스럽게 날 쳐다봤다.

병원 맞은편엔 아파트가 보였다.

"나를 저 옥상에 데려다줘. 그러면 얌전히 있을게."

나는 마귀할멈과 악마와 협상했다.

"안 돼."

역시 마귀할멈과 악마는 내 탈출을 반대했다. 나는 절망했다. 한 숨만 나왔다. 그러다 쉽고 간단한 방법을 생각해냈다. 숨을 쉬지 않고 죽으면 다시 예전의 세계로 갈 수 있었다. 나는 침대에 누워서 숨을 쉬지 않았다. 하지만 그것도 쉽지 않았다. 어느 순간의 고비를 참지 못해서 거친 숨을 쏟아냈다.

"왜 그래? 그러지 마."

마귀할멈이 천사처럼 속삭였다.

화장실 세면대에 머리를 처박고 숨을 쉬지 않는 방법을 택하기도 했다. 역시 내 인내력이 부족했다. 얼굴이 빨개져 고개를 들면 거울 속에서 악마가 웃고 있었다. 내 그럴 줄 알았어. 너는 절대 도망갈 수 없어.

그때 내가 초코칩을 먹었던 기억은 없었다. 내 침대 아래, 간이 침대에서 엄마와 아버지가 삼각 김밥과 컵라면을 먹는 걸 보고, 맛있어 보여서 내 밥과 바꿔 먹자고 했던 건 생각난다.

"우울증이 제일 무섭대."

얼마 전 아버지가 엄마한테 하는 말을 들었다. 그래서 엄마와 아버지는 아직도 나를 관찰하고 감시했다.

피아노 위에 경기 중의 내 모습을 찍은 대형 사진이 놓여 있었다. 공을 무릎 높이로 트래핑한 채 뛰고 있는 사진 속의 내가 낯설어 보였다.

저때로 돌아가면 좋겠다!

나도 모르게 그렇게 말이 나왔다.

*

오후 세시. 약을 먹고 운동을 나가는 시간이었다. 배드민턴 채와 줄넘기, 축구화, 축구공을 챙겼다. 바람이 없었다. 배드민턴 치기 좋은 날씨였다. 병원의사와 한의사 모두 운동을 권했다. 적당한 운동을 해야 몸이 빨리 좋아진다고 했다. 머리에 충격만 가지 않으면 된다고 했다.

"자, 간다."

엄마가 먼저 서브를 했다. 나는 공을 받아서 휙 날려보냈다. 엄마가 다시 공을 받아쳤다. 내가 받고, 다시 엄마가 보냈다. 가슴께로 떨어진 공을 쳐올린다는 게 그만 헛치고 말았다.

'아!' 나는 인상을 찌푸렸다. 운동신경 하나는 자신 있었는데 지금은 엄마한테 밀렸다. 엄마는 셔틀콕을 네트로 넘길 때마다 테니스선수 사라코바처럼 괴성을 질렀다. 그러면 힘이 들어가고 집중이 된다나. 나에게도 그렇게 하라지만 난 창피해서 싫었다. 공이 와서 뛸 때 오른쪽 발이 반 박자쯤 느렸다. 머리 위로 높이 오는 공을 받아치려면 뒤로 쓰러질 것처럼 중심을 잃었다.

엄마와 내가 배드민턴을 칠 때면 산책을 나온 세 명의 할머니가 벤치에 앉아서 구경했다. 무표정한 할머니들이 아슬아슬하게 공이 넘나들다가 한쪽으로 떨어지면, 그래서 소리를 지르면 재미있다는 듯이 웃었다.

간단한 스트레칭을 끝내고 러닝을 시작했다. 오늘은 전력질주를 시도해봤다. 아직은 무리였다. 엄마는 산책 코스로 가지 않고 운동장 가장자리를 돌았다. 내 덕분에 규칙적인 식사와 운동을 하게 됐고, 그래서 군살이 많이 빠졌다고 좋아했다. 하지만 나 때문에 아무 데도 가지 못하고 있었다. 또한 성공하는 인간형이 되겠다고 일찍 자고 일찍 일어나는 습관으로 바꾸려고 노력을 하는 중이었다.

축구를 하지 않더라도 오른쪽의 감각을 정상으로 돌려놓아야 한다는 엄마의 말에 나도 동의했다. 어쨌든 회복의 의미로 운동을 하라는 것이었다. 이왕이면 배에 초콜릿 근육이 있는 게 멋있을 것이고, 한쪽 발을 바닥에 질질 끌고 다니는 것보다 사뿐사뿐 뛰어다니는 게 나을 것이다.

러닝이 끝나고 축구화로 갈아 신었다. 벤치 밑에서 축구공을 끌어냈다. 빛이 바랜 축구공의 실밥이 너덜거렸다. 새 축구공이 있긴 했지만 예전부터 연습해온 이 축구공이 익숙했다. 이 축구공이야말로 나의 연인이었다.

지금으로선 공을 가지고 하는 운동이 적당했다. 나는 공을 가지고 이리저리 굴려봤다. 아직 발에 힘이 부족했다. 예전처럼 돌아가려면 얼마나 시간이 걸릴지 모르겠다. 힘없이 공이 굴러가는 모습이 나처럼 보였다.

다시 드리블을 했다. 마른 먼지가 일었다. 뽀얀 먼지를 뒤집어쓴 공이 심심해 죽겠다는 듯이 처져 있었다. 나는 왼쪽 발로 공을 차올렸다. 그리고 다시 받았다. 높이 튀어올랐던 공이 탱탱해졌다. 한 번만 더 해줘, 그런 표정을 지으며. 나는 다시 오른쪽 발로 공을 차올렸다. 공은 옆으로 튕겨져나갔다. 그래도 괜찮아, 그것도 재미있는데. 공이 그렇게 말하는 것 같았다.

그러다 있는 힘껏 공을 찼다. 공은 저 멀리로 날아갔다.

"킥이 됐어!"

나는 소리쳤다.

*

여섯시 삼십분, 알람소리에 깼다. 알람을 끄고 다시 누웠다. 귀찮지만 이불을 걷어차고 일어났다. 공원운동장으로 갔다.

러닝 십분, 십·십오·이십미터 대쉬, 리프팅 십오분, 드리블 삼종, 드리블 대시, 볼 발란스.

운동을 끝내고 집으로 돌아왔다.

아홉시 삼십분, 한의원에 도착해서 침을 맞았다.

열한시, 자전거 폐타이어를 묶어둔 식탁 의자에 엄마를 앉혔다. 고무타이어를 끌어다 발목에 끼우고 왼쪽 발목을 돌렸다. 이번엔 팽팽하게 당겨진 타이어에 오른쪽 발목을 걸고 당겼다. 발목을 단련시키는 운동이었다. 운동이 끝나고 홍삼 한 잔을 마셨다.

열두시, 점심식사 후 잠깐 미니홈피에 접속했다. 엄마가 따뜻한 붕어즙이 담긴 잔을 옆에 놓았다. 한약재가 섞이지 않은 붕어즙은 비릿한 냄새가 나지만 나는 커피를 마시듯이 호호 불며 마셨다.

두시, 축구화와 공을 챙기고 집을 나섰다. 빨간 작은 가방을 챙겨둔 엄마가 앞서 걸었다. 공원운동장에서 간단히 몸을 푼 뒤, 러닝을 시작했다. 새벽 운동의 프로그램과 똑같이 반복했다.

세시 삼십분, 학교운동장으로 갔다. 수업이 끝나는 시간이었다. 교문 옆 빨간 벽돌 벽에 공차기를 했다. 여기 초등학교는 벽차기를 해도 뭐라 하는 사람이 없었다. 집 옆, 중학교는 경비 아저씨가 시끄럽다고 못 하게 했다.

네시, 킥 연습을 했다. 인사이드 킥 십오분, 그다음 슈팅 연습. 골대에서 멀리 서서 찼다. 발에 힘이 없었다. 발등에 잘 맞지 않았다. 공은 골대로 향하지 않고 옆으로 휘어져버렸다. 다시 찼다. 이번에도 역시 빗나갔다. 공을 쫓아다니느라 엄마가 바빴다. 엄마가 골대 안에서 내게 차준 공이 데굴데굴 굴러왔다. 공을 다시 찼다. 힘이 없긴 했지만 골대 안으로 들어갔다.

네시 삼십분, 마지막으로 감아차기 연습을 했다. 이건 좀 됐다. 엄마는 골대 안에 들어가 골키퍼처럼 종종 뛰며 양팔을 벌렸다. 골대로 쉽게 공이 들어갔다. 골, 골, 골. 엄마는 힘껏 공을 패스했다. 다시 오른쪽에서 감아차서 날렸다. 역시 골이다. 적중률 구십 퍼센트. 엄마는 환호성을 치며 다시 내게 패스했다.

다섯시 삼십분, 두유 한 잔과 계란이 들어간 토스트를 먹었다. 샤워를 하고 다시 인터넷을 접속해 미니홈피에 들어가봤다. 누가 내 홈피에 어떤 글을 남겼는지 점검했다. 무슨 주가를 점검하는 것도 아닌데 시시각각으로 확인하는 나, 외로운가? 문득 그런 생각이 들었다.

여섯시, 저녁식사를 했다. 엄마가 싸준 도시락을 챙겨들고 집을 나섰다. 새로 다운받은 노래가 들어 있는 엠피스리 이어폰을 귀에 꽂은 채 버스를 탔다.

일곱시, 헬스장에 도착했다. 하체를 단련하는 기구 운동을 했다. 다리 한쪽을 들어올릴 때마다 모래주머니를 매단 것처럼 무거웠다. 밖으로 나와 생수 한 잔을 마셨다. 이번엔 어깨 위로 역기를 들어올렸다. 너무 무리였다. 다시 내려서 제자리에 갖다놓을 수 없었다. 저절로 떨어지는 걸 간신히 막았는데 눈 옆을 맞고 말았다. 누가 보지 않았을까, 주위를 둘러봤다. 다행히 아무도 본 사람이 없는 것 같았다. 얼른 일어나 거울 앞으로 갔다. 눈 옆이 빨갛게 부어 있었다.

아홉시, 헬스를 끝내고 주먹밥과 오렌지를 먹었다. 입맛도 없고 물만 먹히지만 억지로 주먹밥을 씹었다. 탄수화물을 보충해주기 위해, 고기와 멸치가 들어간 주먹밥을 씹고 또 씹었다.

아홉시 삼십분, 샤워를 했다.

열시, 집으로 돌아왔다. 홍삼과 붕어즙, 대추차를 차례대로 마셨다. 빈 잔 세 개가 컴퓨터 테이블 위에 쪼르르 놓여 있었다. 홈피에 누가 글을 올리지는 않았는지 봤다.

하루가 참 짧았다.

골을 잘 넣는 법

"누구야?"

조명도 없는 컴컴한 운동장에서 누군가 소리쳤다. 아직 공사 중인 운동장이지만 한쪽에선 운동할 공간이 됐다.

이 밤, 숙소에서 모두들 잠자고 있을 시간이었다. 나는 검은 물체가 가까이 다가올수록 눈을 크게 떴지만 누군지 전혀 감을 잡을 수 없었다.

"감독님!"

나는 기어들어 가는 목소리로 말했다.

"잠도 안 자고 여기서 뭐 하는 거야?"

양키 감독님 입에서 술 냄새가 확 풍겼다. 나는 대답도 못 하고 쭈뼛거렸다.

"연습하는 거야?"

양키 감독님은 혀가 꼬부라진 소리로 물었다.

"내가 그래도 옛날엔 좀 했지. 요즘 니들 하는 거 보면……."

양키 감독님은 고개를 이리저리 흔들어댔다. 술이 취해서 비틀거리는 게 꼭 춤을 추는 것 같았다. 감독님은 갑자기 바로 옆, 공이 있는 데로 비틀대며 걸어갔다.

"한번 해볼까?"

양키 감독님은 조금 긴 바지를 한 손으로 끌어올린 채, 공을 차려고 심호흡을 했다. 그리고 있는 힘껏 공을 찼다. 공은 그 자리에 얌전히 있었다.

"아, 쪽팔려."

헛발질을 한 감독님은 발로 땅을 걷어찼다.

"야, 너! 왜 내 말 안 들어?"

처음엔 나한테 말하는 줄 알고 어리둥절했다. 그런데 나한테가 아니라 공에 대고 성질을 냈다. 그리고 공을 세차게 걷어찼다.

"데리고 와."

감독님이 저쪽으로 날아간 공을 손가락으로 가리켰다. 감독님이 많이 취하긴 했다. 완전 잘못 걸렸다.

'공이 사람인가. 데리고 오게.'

나는 공을 천천히 끌고 왔다.

"너, 소원이 뭐야?"

내 얼굴을 뚫어져라 쳐다보며 양키 감독님이 말했다. 술주정이 심했다. 그냥 가면 되지, 왜 날 데리고 이 밤에 고문인지 모르겠다. 소원을 말한다고 들어줄 것도 아니면서.

감독님은 포기하지 않았다.

"네가 제일 원하는 게 뭐냐고?"

감독님이 술 냄새를 내 얼굴에 발사하며 뚫어져라 쳐다봤다.

"얼른 복귀하는 거요."

나는 자신 없는 목소리로 말했다. 다들 계속 축구를 하기 어려울 거라고 했다. 예전보다 눈에 띄게 스피드가 줄었다. 몸의 유연함도 부족했다. 복귀해서 경기에 들어가는 게 아직은 꿈만 같았다.

"복귀하면 어떻게 할 거야?"

"골 많이 넣어야죠."

센터포드 출신인 감독님은 내 대답을 듣고 가만히 있었다. 그렇다. 복귀해서 골만 잘 넣는다면 더 이상 바랄 것이 없을 것 같았다. 그러면 태극마크를 단 국가 대표가 되고, 월드컵에도 출전하고, 꿈의 무대인 프리미어리그에도 설 수 있을 것이다. 행복하고도 화려한 인생이 될 것이다. 난 아직도 너무 희망적이었다.

"간단해."

양키 감독님은 조금 전에 차버린 공을 들어올렸다. 그리고 공에 게 키스했다.

'아, 더럽게 뭐 하는 짓이야.'

너무 황당했다.

"마리까리따."

양키 감독님은 애인의 이름을 말하듯이 공에게 속삭였다. 그리고 공을 꼭 껴안았다. 감독님이 어떻게 된 건 아닌지 걱정이 됐다. 평소 결벽주의자인 감독님인데 땅바닥에서 굴러다닌 공을 안고 있다니. 정말이지 술이 원수였다.

"브라질 말로 공을 마리까리따라고 하지."

그렇게 말할 때는 또 정상 같았다. 아무튼 감독님이 술을 너무 많이 마셔서 어떻게 된 모양이었다. 핸드폰이 있으면 감독님의 저 변태 같은 모습을 찍고 싶었다. 애들은 내 말을 믿지 않을 것이다.

"골을 넣고 싶으면 그녀를 사랑하라고. 진심으로."

양키 감독님은 계속 공을 만지작거리며 음흉한 눈빛을 보냈다.

"한때 득점왕을 받은 선수가 은퇴해서 자기 집 입구에 청동으로 된 축구공 기념비를 세웠어. 기념비에 뭐라고 썼는지 알아?"

나는 고개를 저었다.

"고맙네, 이 할망구야!"

난 웃음이 터졌다.

"펠레가 천 골을 넣고는 자기 말을 잘 들어준 그녀에게 키스를 해주었지."

키스라는 말에 괜히 내가 부끄러워졌다. 감독님은 재미있다는 듯이 웃었다.

"그런데 그녀는 예측할 수 없어. 너 여자의 마음 알아? 얼마나 변덕이 심하고 자기만 아는지?"

'저러니까 아직 장가도 못 가고 술만 마시고……'

"바람 속에서 생각이 바뀔 때도 있어. 말을 듣지 않는다고 그녀에게 화를 내고 짓밟고 걷어찼다가는 더 큰 복수를 당해. 그녀는 언제나 사랑받길 원해. 가슴이나 다리에서 포근하게 안아주길 원해. 자신을 사랑으로 들어올려 줄 때는 기쁨을 주지만 예의없이 떨어뜨릴 때는 슬픔을 주지."

말도 안 된다고 생각했지만 감독님의 말을 듣고 있으니까 그럴 것도 같았다.

아니다. 저런 말을 믿다니, 나까지 이상해졌는지 모르겠다. 그래도 감독님 얘기를 들으면 골을 많이 넣는 방법은 간단하고 쉬웠다. 지금 내겐 절실한 일이었다. 감독님 얘기를 듣기 전까지 한 번도 그녀의 존재를 생각해본 적이 없었다. 그녀를 존중하지도 않았다. 나는 새삼스럽게 그녀를 쳐다보았다. 그리고 발로 살짝 건드렸다. 그녀는 의기양양한 표정으로 더 탱탱해져 있었다.

‘진작 그녀의 마음을 알았더라면 열정적으로 사랑해주었을 텐데.’

몹시 아쉬웠다.

‘이제부터 진심으로 사랑해줄게.’

나는 그녀를 향해 눈을 찡긋해 보였다.

“그런데 골을 넣는 것보다 더 중요한 게 있어.”

그 말을 끝낸 양키 감독님은 그 자리에 주저앉았다.

*

비밀번호를 눌렀다. 양키 감독님 앞에서 물병을 걷어찬 불경죄를 저지른 탓에 그 벌로 감독님 방을 청소했기 때문에 비밀번호를 알고 있었다. 그나마 다행이었다.

간신히 감독님을 침대에 눕히는 데 성공했다. 그렇지만 그대로 돌아나오기가 왠지 찜찜했다. 꿀물은 아니더라도 컨디션이라도 마시게 해야 할 것 같았다. 냉장고 문 맨 위 칸에 컨디션이 쫙 늘어서 있었다.

맨 처음 감독님 방에 들어와서 냉장고를 열어보고 깜짝 놀랐다. 냉장고는 편의점 진열장처럼 음료수가 가지런히 정리돼 있었다. 컨디션, 검은콩차, 홍삼, 생수, 커피가 종류별로 줄 서 있는 것은 물론이고, 모두 상표가 앞으로 보이게 놓여 있었다.

그뿐인가. 침대 위 이불은 한 번도 잔 적이 없는 것처럼 반듯했다. 혼자 자면서 베개는 두 개를 나란히 세워뒀다.

양키 감독님이 깨어났다. 감독님은 나를 뚫어져라 쳐다봤다. 나는 얼른 냉장고에서 컨디션을 꺼내서 뚜껑을 따서 드렸다. 감독님은 얼른 술이 깨고 싶은지 한 번에 마셔버렸다.

"나, 안 취했어."

양키 감독님이 말했다.

"힘들지?"

감독님한테 이런 말을 듣는 게 처음이라서 어색했다. 그래서 대답하지 못하고 머뭇거렸다.

"어려움 없이 운동하는 것보다 부상을 이겨내고 극복하면 더 강한 선수가 되는 법이야."

컨디션이 효과가 있는지 감독님은 술이 조금 깼다.

"정말, 그렇게 될까요?"

나는 용기를 내서 처음으로 감독님께 질문했다. 감독님은 천천히 고개를 끄덕였다.

"언제나 성실하게 노력해야 해. 그리고 공부도 해야 된다."

갑자기 양키 감독님의 이런 진지함이 부담스러웠다.

"나도 공부를 더 해야 하는데……."

아직 결혼도 안 했으면서, 공부보다도 결혼을 먼저 해야 하는 거 아닌가. 더군다나 감독님은 가족이 없었다. 어렸을 적 부모님이 모두 돌아가시고 먼 친척집에서 자랐다고 했다. 어렵게 운동을 했고, 최고의 프로구단에 들어갔지만 부상으로 은퇴하고 지도자의 길로 들어섰다고 했다. 다들 부상 때문에 인생의 방향이 달라졌다.

"공부를 한다면 특별히 하고 싶은 게 있니?"

"우주에 대해 공부하고 싶어요."

나는 조심스럽게 말했다. 막연하게 나는 우주에 대해서 생각하곤 했다. 피로골절로 수술하고 집에서 쉴 때 인터넷으로 '코스모스'란 책을 주문했다. 초등학교 때 우주에 대한 책을 재미있게 읽은 기억 때문이었다. 우주에 대한 여러 가지 책을 검색한 후, 가장 재미있을 거라고 추천했던 엄마는 책이 배달되자 걱정부터 했다.

"이렇게 두꺼운데 언제 다 읽지?"

책은 한 손으로 들기 벅찰 정도로 묵직했다. 우주의 나이는 백삼십칠억 삼천만 년이라고 했다. 거기에 비하면 지구 그리고 인간은 한없이 작고 아무것도 아닌 존재였다. 집에서 쉬면서 지겹고 따분하고 길게만 느껴지는 하루하루가 사실은 얼마 남지 않은 소중한 시간이란 생각도 하게 됐다. 생소한 과학적 용어가 나올 때면 내가 바보 같다는 생각이 들기도 했다. 그럴 때면 컴퓨터의 전원을 켜고 어릴 적 친구 솔잎에게 쪽지를 보냈다. 공부를 잘해서 과학고에 다니고 있는 그 친구는 언제나 어른스런 말투로 답장을 보내곤 했다.

"그건 나도 잘 모르겠는데."

솔잎에게서 그런 답장이 오면 오히려 안심이 됐다.

"나도 열심히 공부하지는 않았지만, 끝까지 배우는 자세가 돼야 해. 그래야만 자신을 가다듬을 수 있어."

공부를 강조하는 감독님 때문에 마음이 무거웠다. 다시 예전처럼 돌아가기 힘들다는 뜻일까.

"사람들이 축구선수의 멋진 플레이에만 박수를 보내는 건 아니야. 겸손하고 따뜻한 인간성에 더 열렬하게 응원하고 성원하기도 해. 왜냐면 우리는 인간이니까."

그 말에 아직은 위안을 받을 수 없었다.

"우주는 공처럼 둥근 거야?"

양키 감독님이 손으로 공을 그리며 물었다.

"우주를 꿈꾸다니, 의외인데?"

감독님이 놀리듯이 말했다.

*

"떨린다."

삼학년 형들이 수군거렸다. 시합을 뛰진 않지만 나 역시 떨리긴 마찬가지였다.

"게임 한두 번 뛰냐? 부담 갖지 말고 해."

돼지 코치님이 짜증스럽게 말했다. 사실 형들은 대회보다도 대학 팀과의 연습 경기에 더 신경 썼다. 대학 팀과의 연습 경기는 곧 진학과 연결되기 때문이었다.

양키 감독님도 일찍부터 나와서 대학 감독님을 기다리고 있었다. 우리들과 대학생들과의 차이는 몸의 크기가 아니라 몸의 질이었다. 대학생들은 키가 크지 않더라도 몸이 단단하고 힘이 셌다.

형들은 그저 대학선수들을 뒤쫓아다니기에 바빴다. 대학 팀은 신입생이 아니라 주전이 투입됐다. 등번호를 보면 그랬다. 패스는 정확했다. 한 번도 실수하지 않고 수비 지역에서 최전방까지 올라갔다. 삼학년 형들이 아무리 발을 디밀어도 공을 뺏을 수 없었다.

"야, 너 그렇게 할래?"

내가 보기엔 아주 잘하는 거 같은데 대학 감독님은 계속 지적을 했다. 웬일인지 골키퍼 대형참사가 선방을 했다. 시합에서 저렇게만 잡아준다면 제이의 이운재가 될 것 같았다.

대학 팀 선수들은 골을 못 넣자 거칠어졌다. 불쌍한 우리 형들은 몸이 부딪칠 때마다 힘없이 떨어져나갔다. 곧장 일어나지 못하면 내 가슴이 조마조마해졌다.

"왜 슈팅 안 해?"

대학 감독님 말이 끝나기 무섭게 센터포드가 때렸다. 대형참사가 어떻게 해볼 틈도 없이 들어가버렸다.

"쟤네들도 주전훈련 연습하는 거야. 고등학교 팀이라고 봐주는 거 없어."

라인 밖에서 작전 지시를 하던 코치님이 얘기했다.

"제발 잘 좀 해서 찍혀라."

돼지 코치님이 혼잣말처럼 했다. 대학 감독님 눈에 쏙 들어가서 스카우트되기를 감독님, 코치님, 부모님, 우리 모두가 간절하게 바랐다.

탄력이 붙은 대학 팀의 선수들은 더 빠르게 공격해왔다. 우리 수비수들은 뒤쫓아가기도 힘들었다. 골을 연속으로 두 개나 먹었다. 우리 형들이 겨우 공을 잡고 달리는 순간, 앞에 벽이 세워졌다. 두 개의 몸이 앞에 서면, 그대로 벽이 됐다. 도저히 벽을 뚫고 나갈 수 없다.

"근데 미드필더가 덜 움직이잖아."

이제야 조금 만족하는지 대학 감독님의 목소리가 조금 부드러워졌다.

전반전이 끝나고 고개를 푹 숙이고 선수들이 걸어나왔다. 작전판 앞에 선 양키 감독님은 화를 내지 않았다.

"우리가 이기려고 하는 게 아니야. 내용이 중요한 거야."

양키 감독님이 말했다.

후반전이 되자, 실력 차가 더 눈에 띄게 나타났다. 우리 선수들의 체력은 급격하게 떨어졌다. 전반전의 의욕과 체력이 모두 상실됐다. 입을 벌린 채 숨을 헐떡거리며 뛰는 슈렉이 제정신이 아닌 것 같았다. 땅콩이 그래도 제일 생생해 보였다.

"알았어. 열심히 할게."

어제저녁, 숙소 앞 공중전화에서 땅콩이 전화하는 소리를 들었다. 대학 감독님 눈에 들기 위해 열심히 한다는 뜻이었을 거다.

"그래도 사대문 안에 있는 대학에는 가야 되는데."

공부하는 애들이 서울에 있는 대학을 가기 위해 기를 쓰는 것처럼 우리도 그랬다. 전국고등학교 축구부 백삼십여 개 중에서 서울에 있는 대학교에 갈 수 있는 축구부 특기자가 열 명 정도였다. 그래도 우리의 꿈은 컸다. 다들 서울의 유명한 대학을 가슴에 품고 있었다.

대학 팀이 선수들을 대거 교체했다. 주전이 나가고 후보들이 들어왔다. 땅콩이 다시 힘을 냈다. 혼자만 몰래 뭘 먹고 왔는지, 힘이 넘쳐났다. 드디어 땅콩이 기회를 잡았다. 빈 공간으로 온 공을 잽싸게 받아, 그대로 치고 나갔다. 땅콩의 특기가 나왔다. 땅콩 뒤에 땅콩보다 덩치가 두 배만 한 수비가 붙었다. 수비가 공을 뺐는가 싶더니, 땅콩이 다시 조금 높이 뜬 공을 발로 살짝 건드렸다. 그리고 공을 톡톡 치면서 뒤로 돌아섰다.

"와~ 아."

우리는 땅콩의 발기술에 환호했다. 발에 공이 짝짝 달라붙는 느낌이었다. 땅콩은 뺏은 공을 가볍게 날렸다. 골이었다. 뒤에 서 있던 대학 팀 수비수는 자기 머리카락을 헝클어뜨리며 자책했다.

후반전도 거의 끝나갈 때쯤 체력이 바닥난 선수들의 보호 차원에서 우리 팀도 교체가 이루어졌다. 전학 온 놈이 그라운드로 들어섰다. 그놈은 대학 선수들과 대등한 체력을 보여줬다. 자기가 먼저 달려들고 밀어붙였다.

양키 감독님이 내 이름을 불렀다. 경기 끝나기 십분 전이었다. 복귀전을 대학팀과 하게 될 줄은 몰랐다. 하프라인에 서자, 가슴이 터질듯이 쿵쾅거렸다.

*

휘슬 소리와 함께 나는 달렸다. 양손을 꼭 쥐고 눈에도 힘을 줬다. 드디어 공이 왔다. 공을 잡는 순간, 잽싸게 공을 빼앗아 달리는 대학선수에게서 바람 소리가 들렸다. 아주 오랜만에 달리는 그라운드가 너무 넓었다. 숨이 차서 금방이라도 쓰러질 것만 같았다. 공은 어디로 가는지, 나는 공을 향해 뛰고 또 뛰었다.

“괜찮아?”

슈렉이 와서 어깨를 쳤다.

“힘들면 나가!”

찬노가 소리쳤다.

“잘라!”

땅콩이 소리치자, 우리 팀은 전속력으로 골대를 향해 뛰기 시작
했다. 시뻘게진 얼굴로, 입으로 욕을 내뱉으며, 손가락질을 하며 달
리는 아이들 숨소리가 또렷하게 들려왔다.

“정신 차려!”

또 한 골을 먹자, 양키 감독님이 소리쳤다.

“이젠 괜찮지?”

하프라인에 서서, 휘슬이 울리기를 기다리는데 전학 온 놈이 심
각하게 물었다. 고개를 끄덕임과 동시에 휘슬이 울렸다.

“자, 가자, 아자, 아자, 아자!”

전학 온 놈이 소리를 지르며 내게 패스했다. 나는 있는 힘껏 앞
으로 찼다. 대기하고 있던 찬노가 전진했다.

“계속 가!”

양키 감독님의 목소리가 들렸다.

나도 모르게 본능적으로 골대를 향해 뛰었다.

“자, 받아!”

그렇게 온 공을 다시 차려는 순간, 몸이 중심을 잃고 쓰러졌다. 아직도 내 몸 어딘가에 남아 있는 부상의 흔적. 잠깐 눈을 감았다 떴다. 갑자기 시간이 멈춰선 듯 세상이 고요했다.

"야, 눈 떠!"

헐레벌떡 뛰어 들어온 돼지 코치님은 내 눈과 마주쳤는데도 소리쳤다.

"게임 끝."

돼지 코치님이 시계를 보며 말했다.

"마지막 그거, 잘하면 골 넣을 수 있었는데."

전학 온 놈은 운동장을 나가면서 계속 볼멘소리를 했다.

겨우 십 분 뛰었는데 열 시간이나 뛰었던 것처럼 피로감이 몰려왔다. 그냥 러닝을 하는 것과 경기를 하는 건 엄청난 차이였다.

"괜찮아?"

양키 감독님마저 괜찮냐고 하니까 짜증이 났다.

난 축구선수다. 그것도 센터포드다. 경기 중 잠깐 넘어졌다고, 그게 뭐 대수라고 보는 사람마다 괜찮냐고 묻는가.

'풀게임을 뛸 수 있을까?'

나 스스로도 자신이 없었다. 그라운드가 이렇게 넓어 보이고, 공이 커 보이고, 옆에 달려드는 선수가 무서워 보였던 적이 없었다. 축구화와 스타킹도 벗고 맨발로 공을 이리저리 굴리며 멍하니 앉아 있었다.

"조금씩 시간 늘려가면서 적응해보자."

감독님이 내 옆에 앉아서 생수를 마시며 말했다.

"체력 먼저 보강해. 러닝이 제일 기본이고."

"네."

"공은 그다음에 만져도 돼."

감독님이 내 발 아래에 있는 공을 확 빼내면서 말했다.

"일주일 후에 연습 경기 있다. 그때는 처음부터 뛰어보는 거야."

나는 일주일 후에 내 운명이 달려 있는 것처럼 열심히 운동했다. 러닝은 지구를 끝까지 돈다는 생각으로 뛰었다. 오후 운동 시간에는 후배들과 미니게임을 했다. 장난처럼 했던 연습게임에 집중했다. 운동에 집중하고 열심히 하는 것에 비례해서 몸이 좋아졌다.

"헤딩은 하지 마."

돼지 코치님은 나를 볼 때마다 그 말을 잊지 않았다.

새벽 운동과 야간 운동은 혼자했다. 정해진 시간 외에 혼자서 뛰고 또 뛰었다. 이 세상에서 해야 할 가장 중요한 일은 마치 뛰는 일인 것처럼, 아직도 계속 뛰어야 하는 것처럼 뛰었다. 뛰면서 생각하고, 뛰면서 잡념을 없애고, 단순해졌다.

그래도 매일 마지막엔 공을 데리고 뛰었다. 난 축구선수니까, 혼자서 달리는 게 아니니까, 공을 언제나 끼고 달려야 하니까.

*

　양키 감독님이 예고한 연습 경기의 상대는 중학교 팀이었다. 약간 맥이 빠졌다. 하지만 중학교 팀이라고 무시하다간 개망신을 당할 수도 있었다. 한창 물이 오른 중삼들은 만만치 않았다. 양키 감독님이 내년에 데려올 선수들을 스카우트하기 위해서 연습 경기를 잡은 것이다.

　찬스였다. 나는 흘러나온 공을 가위치기하며 달렸다. 수비수가 바짝 뒤에 붙어 쫓아왔다. 전학 온 그놈이 어느새 옆으로 뛰어왔다. 그리고 손을 들어 사인을 보냈다. 나는 못 본 척했다. 얼마 만에 온 기회인데 놓치고 싶지 않았다. 나는 그대로 골대를 향해 슛을 했다. 공은 완전히 빗나갔다.

　"아!"

　아쉬움의 목소리가 공만큼이나 높이 떠올랐다.

　"어시스트도 잘하는 거라고."

　양키 감독님의 못마땅해하는 소리가 들렸다.

　"골을 넣는 것보다 더 중요한 게 있다는 말 기억해?"

　전반전이 다 끝난 후, 감독님이 물었다. 그날, 술기운에 해준 얘기를 기억하고 있었다.

　골대 앞에서 욕심부리지 말고 기회가 되는 동료에게 어시스트해

라. 팀을 위해 희생할 줄도 알아야 한다.

나도 그 정도는 알았다. 하지만 나도 골을 넣고 싶고, 감독님한테 인정받고 싶었다. 나는 계속 고개를 푹 숙이고 있었다. 후반전이 시작되기 전까지 나는 멍하니 있었다.

“가운데.”

양키 감독님이 말했다.

나는 뒤를 돌아보았다. 아무도 없었다.

“너 말야.”

전학 온 놈이 말했다. 후반전, 나의 포지션이 바뀌었다. 미드필드였다. 그것도 수비형이었다.

“뭐해? 빨리 준비해!”

충격으로 멍청히 서 있는데 돼지 코치님이 소리쳤다. 센터포드 대신 윙 포드로 뛴 적은 있었다. 하지만 미드필드는 처음이었다.

‘나보고 축구를 그만두란 말인가.’

나는 양키 감독님을 쳐다보았다. 감독님은 고개를 푹 숙이고 수첩에 무엇인가를 열심히 적고 있었다. 센터포드는 전학 왔다는 그놈이 붙박이가 됐다.

경기가 시작됐다.

‘내가 센터포드에서 밀리다니.’

머릿속이 복잡했다.

"자, 받아!"

누군가 내 이름을 불렀다. 공을 받은 나는 어디로 주어야 할지 망설이다가 다시 뒤로 보냈다.

"앞으로 가야지. 왜 뒤로 돌려?"

양키 감독님이 소리쳤다.

"받아!"

공이 다시 내게로 왔다. 앞쪽에 있던 전학 온 놈이 손을 들었다. 할 수 없이 놈에게 패스했다. 하지만 정확히 그 앞의 상대편 수비수에게로 갔다. 패스 미스였다.

"에이."

짜증을 내는 돼지 코치님의 소리가 귀에 꽂혔다. 우리 팀이 공격을 당했다. 상대편 중학교 공격수 놈은 빠르게 골대를 향해 내달렸다.

"빨리 내려와."

슈렉은 나를 재촉했다. 나는 죽으라고 쫓아갔다. 하지만 중학교 공격수 놈은 벌써 슈팅을 했다. 골대를 빗나갔다. 다행이었다.

"간다."

대형참사 골키퍼는 쉴 틈도 주지 않고 바로 공격을 하라고 공을 날렸다. 공은 하프라인을 넘어서 거의 골대 근처까지 갔다. 이럴 땐 웬 킥이 그리도 잘 나가는지, 나는 다시 있는 힘껏 뛰었다.

"빨리 따라가야지!"

양키 감독님의 그 소리는 분명 나에게 하는 거였다. 나는 헐떡거리며 간신히 올라왔다. 골대 앞에서 슈팅을 못 하고 미적거리던 전학 온 놈은 중학교 수비수에게 공을 뺏기고 말았다.

'미친놈.'

나는 전학 온 놈에게 혼잣말로 욕을 했다. 쉴 틈도 없이 또 공을 쫓아 뛰어 내려갔다. 머릿속이 빙빙 돌았다. 센터포드는 수비에 대한 책임이 작았다. 어찌됐든 골을 넣든가, 아니면 골을 넣게 움직여주면 됐다.

나는 골을 포기했다. 체력이 떨어졌다. 그저 공이 가는 대로 뛰어다녔다. 이 골대에서 저 골대로 그라운드를 가로질러 뛰어다니는 데 필요한 체력이 달렸다. 하프라인을 경계로 적지를 구분했다.

전학 온 그놈이 오른쪽으로 빠졌다. 빈 공간은 거기밖에 없었다. 거기다 난 오른발잡이였다. 할 수 없이 그놈에게 패스했다. 그러자 놈은 치고 들어가다가 슛을 날렸다. 골이었다. 두 손을 들고 놈이 뛰어왔다. 두 손을 들어 하이 파이브를 하자고 했다. 어쩔 수 없었다. 나도 두 손바닥을 마주 댔다. 뒤돌아서는데 놈이 내 엉덩이를 툭 건드렸다. 돌아보니, 윙크까지 보냈다.

'재수 없는 놈'

나는 놈이 얄미워서 속으로 욕을 했다.

어시스트도 좋은 거야.

그 말을 수없이 많이 들었지만 골대 앞에선 사실 욕심을 부릴 때가 많았다. 하지만 바뀐 포지션은 골대에서 너무 멀리 떨어져 있었다.

중학교 팀에게 간신히 이겨서 그나마 체면 유지를 했다.

"아직 체력 안 돼?"

경기가 끝나자, 감독님이 등을 툭 치며 말했다.

"넌 센터보다 미드필드가 나아."

전학 온 그놈이 생수병을 주며 말했다. 나는 놈을 한 번 쳐다보고는 고개를 돌려버렸다. 놈의 주제넘은 말이 기분 나쁘기도 하고 위안이 되기도 했다.

"야, 너 포지션 바뀌었어?"

슈렉이 재미있다는 표정이었다.

"예전처럼 보이지 않아. 시야가 없어졌어."

나는 슈렉에게 솔직하게 털어놓았다.

"언제는 그런 거 있었어?"

슈렉은 이상하다는 듯이 쳐다보았다.

"나는 그저 뻥하고 멀리 내질러. 정 어쩔 수 없으면 밖으로 걸어내고."

나는 어이없어서 슈렉의 얼굴을 멍하니 봤다.

“단순해서 좋다.”

그 단순함에다 정확한 패스력까지 갖추면 얼마나 좋을까.

“미드필드는 붙박이가 될 수 있을까?”

나는 위로의 말을 기대하면서 슈렉을 쳐다봤다.

“아니, 아직은 후보잖아.”

슈렉이 거침없이 말했다. 나는 슈렉의 뒤통수를 한 대 때리려다 그만뒀다.

“브레인이 없어.”

슈렉보고 그렇게 놀리는 후배 놈들의 말이 맞았다.

*

처음이었다. 외박을 나와서 집에 가지 않기는. 나는 슈렉을 유혹했다. 토요일 밤, 술 한잔하자고.

“너, 너무 변하는 거 아냐?”

슈렉은 내 변화를 너무 좋아했다.

“그런데 또 같이 가자는 애가 있는데.”

슈렉이 내 눈치를 살폈다.

“누구?”

슈렉이 머뭇거렸다.

내가 술을 마시는 목적은 즐거움을 위해서가 아니었다. 나를 위한 위로주였다. 세상의 고달픔을 잊기 위해 마시는 거였다. 그래서 아무도 반갑지 않았다.

슈렉은 대답도 없이 나를 끌고 갔다. '미성년자 출입금지'란 팻말이 있음에도 불구하고 우리는 술집 안으로 들어갔다. 아직 이른 초저녁이라서 한산했다. 슈렉의 얼굴을 본 종업원은 주민등록증을 보여달라는 말도 안 했다. 슈렉 본인만 몰랐다. 자기 얼굴이 어떤 모습인지.

슈렉은 얼굴에 걸맞게 능숙한 솜씨로 소주와 안주를 시켰다.

"자, 마시자."

안주가 나오기도 전에 슈렉은 잔에 소주를 따랐다.

"자, 건배. 새로운 미드필드의 탄생을 위해."

아둔한 것 같아도 슈렉은 내 마음을 잘 알았다. 나는 말없이 소주가 가득한 잔을 부딪쳤다.

"야, 기다려."

전학 온 놈이 버티고 서 있었다.

"여기 잔 하나 더 주세요."

나는 슈렉을 쏘아봤다. 슈렉은 내 눈을 피하고 술을 한번에 털어넣었다. 나도 말없이 소주를 단숨에 마셔버렸다.

"니네 알코올중독자 되겠다!"

전학 온 놈이 의자에 앉으며 말했다.

중독이란 말이 꽤 근사하게 들렸다. 알코올, 도박, 도벽, 담배, 마약 중독. 그리고 게임 중독. 부모들은 나쁜 것은 근처에도 얼씬거리지 말라고, 아예 맛을 들이지 말라고 했다. 하지만 엄마가 아침에 커피를 마시지 않으면 산뜻한 하루를 시작할 수 없는 것처럼, 밥을 먹고 나면 꼭 담배를 피워야 되는 아버지처럼, 나도 무엇인가에 중독되고 싶었다.

무엇보다 아직도, 엄마와 아버지도 축구에 중독돼 있었다. 그 중독은 나를 짓누르기도 했다. 계속되는 부상에도 축구를 포기하지 않는 엄마와 아버지였다. 지난번 부상 후 정말 축구를 그만두어야 할 순간엔 엄마와 아버지는 아쉬움을 애써 숨겼다. 내가 다시 축구를 하겠다고 하자, 엄마와 아버지의 얼굴엔 오랜만에 웃음이 번졌다.

"너 뭐야?"

나는 전학 온 놈한테 시비를 걸고 싶었다.

"야, 너 취했어?"

어느새 찬노까지 와 있었다. 찬노 아버지, 그러니까 금목걸이 감독님의 중독도 대단했다. 세상의 모든 중심에 축구가 있었다.

"나, 안 취했어."

어느새 내 말투는 아버지를 닮아 있었다.

"넌, 왜 전학 왔냐?"

나는 궁금한 걸 물었다.

"별로 얘기하고 싶지 않아."

전학 온 놈의 얼굴에 기분 나쁘다는 표정이 확 드러났다.

"나한테 신경 쓰지 말고, 너 일이나 잘해."

내 얼굴을 쏘아보며 전학 온 놈이 말했다.

"부상 후에 계속 운동할 수 있다는 거 감사하게 생각해. 너도 의지가 있지만 감독님이 너 생각해서 너한테 맞는 새로운 포지션 만들어주신 거야. 그거 모르면 바보지."

"뭐? 바보라고?"

나는 바보같이 말하고 웃었던, 운동을 포기하려고 했었던 시간들을 떠올리고 싶지 않았다.

"지금은 멀티플레이어 시대야. 어떤 자리에서든 뛸 수 있어야 해."

"그런 거 모르는 사람이 어딨어? 그게 쉬운 일이 아니니까 그렇지. 그리고 부상당한 후유증도 있고."

슈렉이 내 편을 들었다.

"난, 쟤를 위해서 하는 말이야."

놈이 기분 나쁘게 턱으로 나를 가리켰다.

"그게 뭔데?"

가만히 듣고 있던 찬노가 모르는 척 끼어들었다.

"어차피 센터에서 뒤로 내려왔으면 거기에 적응해야지. 자꾸 그것 때문에 기분 나빠하면 자기만 손해지."

놈은 내 마음 따윈 신경도 쓰지 않고 지껄였다. 나는 잔에 남아 있는 술을 마저 마셨다. 찬노가 내 잔에 술을 따랐다.

"그게 네가 살 길이야."

놈이 나를 보며 결정적인 말을 했다. 나는 자리에서 일어섰다. 그리고 놈을 향해 주먹을 날렸다. 놈의 운동신경이 꽤 쓸 만해서 옆으로 잘 피했다.

"내가 왜 전학 왔는지 알아?"

놈이 화가 나서 소리쳤다.

"그래, 솔직하게 얘기해봐."

슈렉이 말했다.

"난 성공하기 전까지 내가 당하는 거, 얼마든지 참거든. 그렇지만 우리 부모님 특히 아버지가 나 때문에 비굴해지는 건 못 참아."

놈이 무슨 얘기를 하는지 궁금했다.

"내가 공을 좀 차잖아."

놈이 거만하게 얘기를 했다.

"또 잘난 척이야."

슈렉이 성질을 냈다.

"일학년 때부터 형들 게임에서 뛰었어. 선배들 중에서 나를 미워한 사람, 많아."

전학 온 지 얼마 안 되어 저 정도면 안 봐도 비디오였다. 그중 진상인 선배와 맞장을 떴고, 그 후로 놈은 선배들에게 찍혀 몹시 힘들었던 모양이다. 그건 그다지 새로운 얘기는 아니었다. 문제는 놈의 아버지가 다리가 불편한 장애인인데, 선배들이 애자 아들이라고 놈을 놀렸던 것이다. 놈은 폼 나게 주먹을 휘둘러대고 나왔다고 했다. 놈의 아버지가 아직까지 경기장에 나타나지 않는 이유를 알 만했다.

"난 우리 아버지가 너무 불쌍해. 나는 꼭 성공해서 제일 좋은 차 사줄 거고, 사람들이 함부로 대하지 못하게 할 거야."

놈의 아버지 얘기에 우리는 술이 깬 것은 물론이고, 몹시 침울해졌다. 나는 먼저 자리에서 일어섰다.

플레이를 하라

"이게 뭔 줄 알아?"

돼지 코치님이 공을 빙글빙글 돌리며 말했다.

"왜 저래?"

슈렉이 코치님이 이상하다는 듯이 작은 목소리로 소곤거렸다.

그러다가 코치님한테 걸렸다.

"슈렉, 너, 대답해봐."

돼지 코치님이 손가락으로 슈렉을 가리켰다.

"공, 아니에요?"

슈렉은 눈치를 보며 말했다.

"공인지 모르고 설마, 내가 물어봤겠어?"

또 시작이었다. 저런 말투는 심상치 않았다. 왜 갑자기 특강을 한다고 하는지 모르겠다. 이제부터 공부하는 축구선수를 만들겠다는 거창한 계획 아래, 점심을 먹은 우리를 불러놓고 괴롭히기 시작했다.

"너네, 왜 축구하냐?"

우리는 일제히 약속이나 한 듯이 고개를 숙였다.

"왜 축구하느냐고?"

돼지 코치님의 말투는 부드러웠지만 우리는 괴로웠다. 도대체 왜 우리를 힘들게 하는지 모르겠다. 이 시간, 잠을 자두지 않으면 오후 운동 시간에 얼마나 피곤한지 몰라서 그러는 걸까.

"성공하기 위해서요?"

우리는 모두 목소리가 나는 쪽으로 고개를 돌렸다. 민혁이었다.

"그래, 솔직한 대답이다."

코치님은 만족한 듯이 고개를 끄덕였다. 갑자기 뒤로 돌더니 화이트보드에 그림을 그리기 시작했다. 우리는 호기심에 차서 무엇을 그리는지 쳐다봤다.

"이게 뭐 같냐?"

코치님이 눈으로 나를 가리켰다.

"나무젓가락 한 짝."

내 말이 끝나자 아이들이 웃음을 터뜨렸다.

“야, 내가 젓가락을 그리면 두 짝을 다 그리지, 한 짝만 그리겠
냐? 너네는 정말 머리가 안 돌아간다.”

코치님은 자기가 그림을 못 그리는 건 생각 안 했다.

“막대기야.”

코치님이 진지하게 말했다.

“우리 때리려고 새로 가져올 거예요?”

슈렉이 느슨해진 분위기를 타고 말을 툭 던졌다.

“그냥 막대기가 아니라 요술 막대기야.”

코치님은 슈렉의 말을 무시하고 얘기했다.

“축구공이 요술 막대기가 되기도 하지.”

우리는 재미난 얘기를 기대하며 코치님을 쳐다봤다.

“프로구단의 테스트를 받으면 늘 떨어지는 선수가 있었어.”

우리들의 분위기가 진지해졌다.

“그 선수는 다리가 정상이 아니었어. 또 워낙 말라서 연약해 보
이는 체격이었어.”

돼지 코치님의 목소리가 커졌다.

“어려서 소아마비를 앓았지만 집이 가난해서 치료를 받지 못했
어. 딱한 사정을 안 젊은 의사가 수술을 무료로 해주었지만 후유증
으로 왼쪽 다리가 오른쪽 다리보다 짧아졌어. 양쪽 다리 모두 바깥
쪽으로 심하게 휘어졌지. 그래도 절룩거리면서 다른 아이들과 맨

발로 공을 차며 씩씩하게 뛰어놀았지.”

다리가 그랬는데 축구를 그토록 열심히 했다는 게 이해가 안 갔다. 우리 모두 그 선수에게 공감이 간 건 축구로 성공하고 싶은 이유였다. 그 선수의 어머니는 병원 환자들 옷을 세탁해주는 일을 했다. 허리가 휘도록 밤낮없이 일하는 어머니를 위해서라도 어떻게든 성공해야 했다.

“그 아이는 유명 축구선수가 돼서 가난을 벗어나고 싶었어.”

“어떻게요? 다리가 정상이 아닌데요?”

우리는 불가능한 일이라고 생각했다.

“아니야. 비록 다리에 장애가 있었지만 축구만큼은 자신이 있었기 때문에 유명 클럽팀으로 테스트를 받으러 다녔어.”

그 용기가 부러웠다.

“받아주었나요?”

성질 급한 슈렉이 참지 못하고 물었다.

“당연히 거절당했지. 심지어는 욕까지 먹었어. 자기네 팀을 뭘로 보고 절름발이가 테스트하러 오냐고.”

“그래서요?”

우리는 코치님의 다음 말을 기다렸다.

“그런데 어떤 프로구단에서 그 선수의 맹랑함 때문에 테스트를 받게 해주었지. 한번 해보라고. 가장 자신 있는 포지션으로. 그러자 그 선수는 자기는 다 잘하지만 라이트 윙을 제일 잘한다고 했지.”

머릿속에서 만화를 보듯이 코치님의 얘기가 선명하게 그려졌다. 운동장으로 뛰어든 그 선수는 보란 듯이 휘젓고다녔다. 수비수로 명성을 날리고 있었던 현역 선수는 그 선수의 현란한 드리블에 농락당하고 말았다. 결국, 테스트 한 시간 후에 계약서에 사인을 했다.

“와, 성공했네요.”

우리는 박수를 쳤다.

“그래, 여기까지는 성공이다. 너희한테는 여기까지만 얘기해주고 싶다.”

“왜요?”

돼지 코치님이 일부러 우리를 재촉하게 만들려고 수를 쓰는 것 같았다. 우리는 뒷얘기가 궁금해서 안달했다.

“부와 명예를 얻자 술과 여자에 빠졌지.”

의외의 결과였다.

“최고가 되는 것보다 최고의 자리를 유지하는 게 훨씬 힘든가 봐.”

코치님은 심각하게 말했다. 축구가 돈과 명예를 주고, 영웅을 만들어주기도 하지만 추락은 한순간이라고 했다.

“그래서 나중에 어떻게 됐는데요?”

"뻔하지 뭐. 술병을 품에 안은 채 죽었지."

나는 별로 이해가 안 됐다.

"왜 그렇게 됐을까?"

코치님이 또 우리에게 물었다. 우리는 그저 눈만 깜박거리며 가만히 있었다.

"축구 이외에는 무지했어."

우리도 그렇다. 텔레비전 드라마, 최신 유행가요, 영화, 여자의 심리에 대해서는 막힘없이 얘기할 수 있었다. 하지만 부정사의 용법이 무엇인지도 모르고, 연산법칙에서 곱하기를 먼저 하는지도 다 잊어버렸고, 히틀러가 독일 사람인지, 제이차 세계대전과 관련이 있는지도 몰랐다. 대입 수능학력고사에서 팔십점을 못 받아서, 대학에 떨어질까봐 학원에 다니며 공부한 형도 있었다.

축구만 잘하면 되는 게 아니면, 어떻게 해야 하는 건가.

"결론은, 그래서 오늘 내가 하고 싶은 얘기가 뭔 줄은 알겠어?"

돼지 코치님이 우리를 주르르 훑었다. 우리는 또 일제히 고개를 숙였다.

"신체적 조건, 신경 쓰지 말고 목표를 향해 나가자는 거야."

갑자기 정적이 흘렀다.

"알았지?"

돼지 코치님이 눈을 크게 뜨면서 소리쳤다.

*

“너, 변태야?”

전학 온 놈이 온 세상이 다 들리도록 큰 소리로 얘기했다.

“오래 쉬더니, 좀 어떻게 됐어?”

슈렉까지 합세해서 나를 공격했다. 이 정도의 수모는 견딜 수 있었다. 골만 많이 넣을 수 있다면. 비록 센터포드가 아닌 수비형 미드필드라도 골을 많이 넣으면 좋은 게 아닌가.

게임 시작 휘슬이 울리자, 나는 제일 먼저 그라운드로 들어갔다. 그리고 가운데 놓여 있던 공을 들어서 입술에 갖다 댔다. 나 역시 양키 감독님 못지않게 깔끔하지만 공을 사랑하려고 그렇게 했다. 뭐라고 표현할 수 없는 촉감과 냄새. 나쁘지 않았다. 나보다 뒤에서 걸어 들어오고 있던 놈들이 그 장면을 목격했다.

“야, 또라이.”

땅콩은 나만 감시하는지, 라인 밖에서도 그걸 놓치지 않았다. 나는 슬쩍 양키 감독님을 쳐다보았다. 감독님은 언제나 세상 모든 일에 초월한 표정이었다. 사실 그동안 이걸 해보고 싶었지만 용기가 없었다. 오랜만에 골 맛을 보고 싶어 미친 척하고 해봤다.

경기가 시작되자마자, 상대편 공격수들이 몰려왔다. 몹시 빨랐다. 시작해서 오분, 끝나기 전 오분이 제일 중요했다. 이때 골을 넣느냐 먹히느냐에 따라 승패가 갈렸다.

할 수 없었다. 내 책임을 다해야 했다. 나는 공을 몰고 오는 놈에게 태클을 걸었다. 그놈이 넘어졌다. 그사이 공을 빼냈다. 태클을 해보기는 처음이었다. 기분이 좋았다. 또 하고 싶어졌다.

"짱이야."

내 태클을 처음 본 슈렉이 엄지손가락을 치켜세웠다. 나는 공을 가지고 전진했다. 앞의 공격수, 전학 온 그놈을 향해 찍어줬다. 놈이 슈팅했지만 골키퍼가 가볍게 받아냈다.

기회를 잡지 못한 우리 팀은 다시 공격을 당했다. 상대편 공격수들의 스피드가 대단했다. 나는 또 태클을 했다. 공을 가지고 있던 공격수가 내 태클에 넘어졌다. 심판을 보던 돼지 코치님이 휘슬을 불었다. 넘어졌던 공격수가 다시 일어섰다.

"다치지 않게 해!"

양키 감독님이 밖에서 소리쳤다. 태클을 당하다가 내가 걸게 되자, 왠지 업그레이드된 기분이었다.

"여기!"

내가 공을 잡으면 여기저기서 서로 달라고 소리쳤다. 그러면 난 가장 안전하고 좋은 위치에 있는 선수에게 패스해줬다.

'이거 괜찮은데.'

새 포지션이 마음에 들었다.

전반전이 끝났다. 우리는 거친 숨을 몰아쉬며 작전판 앞에 모여
섰다. 감독님과 눈이 마주쳤다.

"오늘 중간에서 잘해줬어."

양키 감독님의 칭찬이 얼마 만인지 아찔했다.

"편하게 앉아."

우리는 생수병을 하나씩 들고 앉아서 감독님의 말을 들었다. 작
전판에 빨간, 노란, 파란색 자석을 붙이며 감독님의 강의가 시작됐
다. 갑자기 우리 축구부가 학구적인 분위기가 됐다. 난 너무 체력
이 달려 그저 편안히 숨만 쉬고 있었다. 감독님의 말에 집중할 수
가 없었다.

"골을 넣는 거보다 중요한 게 있어!"

양키 감독님의 말이 귀에 쏙 들어왔다. 그날, 술에 취해서 그렇
게 말했었다. 그리고 지난번에도. 감독님이 수첩에 끼워 있던 펜을
꺼냈다. 그리고 작전판에 글자를 쓰기 시작됐다. 작전판이 화이트
보드도 아니고, 지울 수도 없는데, 감독님은 커다랗게 썼다.

"읽어봐."

양키 감독님이 우리를 보고 말했다. 갑자기 조용해졌다. 감독님
과 눈이 마주쳤다. 감독님이 눈짓했다.

"플레이."

나는 쓰여 있는 대로 읽었다.

“오~.”

애들이 놀랍다는 듯이 나를 쳐다봤다.

“축구에서 골을 넣는 것보다 중요한 게 무엇인지 알아?”

감독님이 우리를 내려다보며 말했다. 감독님은 ‘play’라고 쓴 글자에 동그라미를 쳤다.

“플레이를 하라는 거야.”

나는 감독님의 눈을 똑바로 쳐다보았다.

“플레이 원래의 뜻이 농담을 한다는 거야.”

“아~.”

우리는 바보처럼 입을 벌렸다.

“전 농담하기 싫어요.”

슈렉이 불쑥 내뱉었다.

“누가 농담이나 찍찍하랬어?”

양키 감독님은 분위기 깨는 슈렉을 작은 눈으로 째려봤다.

“그러니까 어떻게 하라는 거야?”

양키 감독님은 이 정도면 너무 쉽지, 하는 표정으로 우리를 둘러보았다.

“즐겁게 축구를 하라는 거 아닌가요?”

나는 자신 없는 목소리로 말했다.

“바로 그거야.”

양키 감독님의 목소리가 커졌다.

"우~."

애들이 야유를 했다.

"너, 감독님 아들 되겠다."

슈렉이 비웃었다.

"축구를 즐기라는 거지. 그러다보면 축구가 재밌고 좋은 경기를 하게 될 거야."

양키 감독님의 저 말이 진심인지 알고 싶었다. 경기의 내용이 아무리 좋더라도 지면 그걸로 끝이었다. 이기지 못하면 어떤 기분인지 감독님은 충분히 알지 않을까.

감독님 얘기는 너무나 이상적이었다.

"최악의 선수는 자기가 골을 넣는 거에만 신경 쓰지만, 최고의 선수는 자기가 골을 넣는 거에만 신경 쓰지 않는다."

"오~."

우리가 소리를 질렀다.

"내가 한 말이 아니라 미국 대통령이 한 말을 응용한 거야. 멋있지?"

어쨌든 양키 감독님은 너무 멋져 보였다. 후반전 시작을 알리는 휘슬 소리가 울렸다. 우리는 플레이하기 위해 다시 그라운드로 들어섰다.

*

드디어 학교 인조잔디 구장 개장식이 다가왔다. 먼지가 펄펄 나는 운동장에서의 연습은 끝이었다. 비가 오면 물이 고이고, 눈이 오면 얼어버리는 운동장이 아니었다. 개장식 기념 시합을 위해서 일찍 자야 했다.

나는 잠자기 전, 마인드 컨트롤을 했다. 복귀해서는 더욱더 열심히 했다. 좋은 꿈을 꾸기 위해서였다.

현란한 드리블로 수비수를 제친다. 오버헤드킥으로 골을 넣는다. 헤트트릭을 하고 키스의 골 세레모니를 한다. 나는 축구를 하는 한, 골에 대한 집착을 버릴 수 없었다. 나는 여전히 골을 넣기 위해 눈을 감고서도 그라운드를 누볐다.

어떨 땐 기쁜 장면을 너무 오래 클로즈업하고 되감기를 반복했다. 그러다가 잠이 달아나서 새벽까지 양들의 숫자를 세기도 했다. 특히 다음 날, 중요한 게임이 있으면 더 그랬다. 그래서 또 꿈속을 헤맸다.

"빨리 일어나."

슈렉이 이불을 들추며 소리쳤다.

"귓구멍 막히려고 잠잘 때도 이어폰 꽂고 자냐?"

땅콩 선배의 목소리였다. 나는 눈을 똑바로 떴다. 땅콩 선배가 바로 눈앞에 있었다.

"왜 잠자면서도 지랄이야? 너 잠꼬대 때문에 밤새 한잠도 못 잤다. 너 같은 놈 처음 본다. 그동안 내가 너 불쌍해서 참아줬는데 도저히 안 되겠다. 오늘부터 구석에 가서 혼자 자라."

땅콩 선배는 눈을 흘기며 돌아섰다.

"왜 그래?"

옆에 있던 슈렉에게 물었다.

"오늘 인조잔디 구장 개장식이잖아. 늦으면 안 된대. 식 끝나면 연습 경기 있잖아."

슈렉이 지겹다는 표정을 지었다.

"오, 예!"

나는 소리를 질렀다. 유난히 몸이 가볍고 상쾌했다. 개막전 경기를 위해서 준비해둔 새 축구화를 꺼냈다. 가죽이 얇고 저항을 덜 받는 베이퍼였다. 난 스피드를 낼 수 있는 걸로 골랐다. 새 축구화를 신고 게임을 뛰었다간 발뒤꿈치가 다 까지고 만다. 길을 들이기 위해 어쩔 수 없이 그동안 몰래 인조잔디 구장을 뛰어다녔다.

시에서 거금을 지원받아서 만든 인조잔디 구장이라 학교에서는 엄청 까다롭게 굴었다. 흙을 털고 들어와라, 쓰레기를 버리지 마라, 침을 뱉지 마라. 하지만 난 모두 잠든 밤에 몰래 들어와서 축구화뿐 아니라 잔디도 길을 들여놨다. 부드러운 탄력이 느껴지는 좋은

잔디였다. 패션을 비롯해 모든 면에서 눈 높은 양키 감독님이 아마
도 잔디 중에서 제일 좋은 걸로 골랐을 게 틀림없었다.

교장선생님의 연설도, 커팅식도 끝났다. 새로 페인트칠한 스탠
드엔 여학생이 가득했다. 누굴 보고 그러는지 계속 소리 지르고 야
단이었다. 가슴이 떨려왔다. 난, 이렇게 많은 관중 앞에서 뛰어본
적이 없었다. 더군다나 우리 학교 여학생 앞에서는 처음이었다.

"기분 죽인다."

슈렉이 속삭였다.

"너, 뭐야? 떨어?"

슈렉이 비웃었다.

"아냐."

고개를 돌렸다. 양키 감독님은 주위의 상황이 어떻든 아무 표정
없는 얼굴이었다. 돼지 코치님이 트랙 끝으로 집합시켰다.

"오늘은 골 좀 넣어야지."

양키 감독님이 말했다.

"오늘 누가 골 넣는지 여학생들이 다 보고 있다. 잘해."

감독님은 기분이 좋아 보였다.

상대편은 연습 경기를 해본 적이 있는 팀이었다. 우리가 이긴 적
이 있지만 그래도 안심할 수 없었다. 공은 둥글었다. 그래서 어디
로 어떻게 굴러갈지 아무도 몰랐다.

이제 하프라인이 아닌, 그 아래에 서는 것도 낯설지 않았다. 주심의 휘슬이 울리자, 여학생들이 소리를 질렀다. 공이 한번 갈 때마다, 패스가 연결될 때마다 환호성이 터져나왔다. 나도 모르게 덩달아 날아오르는 것처럼 뛰는 게 가볍게 느껴졌다.

찬노가 패스를 하면서 내 이름을 불렀다. 나는 공을 받는 순간 돌아서 바로 앞으로 패스했다. 전학 온 놈은 그대로 슛을 날렸다. 골이었다. 스탠드 관중석에서 여학생들이 난리가 났다. 놈이 내게로 달려왔다. 나는 놈과 하이 파이브를 했다.

"잘했어."

양키 감독님이 엄지손가락을 치켜세워 올렸다.

일방적인 응원과 공격으로 우리 팀은 사기가 올랐다. 또다시 공이 왔다. 공은 높게 떠 있었다. 나는 앞으로 헤딩을 했다. 상대 수비수가 받아서 차올렸다. 떨어진 공이 바로 앞에 있었다. 어서 차달라는 듯이 공이 나를 쳐다보고 있었다. 나는 공을 살짝 들어올려 날려줬다. 공은 일직선으로 쑥 골대 안으로 빨려 들어갔다.

"와~ 아."

여학생들이 자리에서 일어나 박수를 쳤다.

"멋있었어."

찬노가 웬일로 칭찬을 했다.

"뭐 잘못 먹었어?"

슈렉이 배를 주먹으로 툭 쳤다.

"야, 가서 손 흔들어줘."

라인 밖에 있던 땅콩이 소리쳤다.

"너, 저기 여학생들한테 인사하라는 거야."

슈렉이 질투 어린 눈으로 말했다.

"싫어."

나는 고개를 흔들었다.

"너, 안 하면 이학년 다 집합이다."

땅콩이 협박했다. 할 수 없었다. 선배가 죽으라면 죽는 시늉이라도 해야 했다.

나는 겨우 손을 흔들었다. 관중석을 향해.

"꺄악~."

여학생들은 더 크게 소리를 지르고 들고 있던 생수병과 휴지, 손수건 등을 경기장 안으로 던졌다. 라인 밖에 있던 일학년 후배들이 뛰어 들어와서 주워가지고 나갔다.

"너, 대박이다. 좋겠다."

슈렉은 어깨 위에 손을 올리고 몹시 다정한 척했다. 전학 온 그놈도 등을 두드리고 자기 자리로 갔다. 다시 휘슬이 울리고 하프라인 아래 섰다. 공이 내게로 왔다. 나는 있는 힘껏 킥을 했다.

축구에 인생을 녹이다

윤후명(소설가, 국민대 문창대학원 겸임교수)

이제 축구는 문화다. 월드컵 대회는 올림픽과 함께 세계인의 눈과 마음을 사로잡는 화려한 축제가 되었다. 더군다나 '세계 사강 신화'를 일구어낸 우리나라로서는 자부심을 갖기에 충분하다.

문학 선생이기도 한 내가 학생들을 가르칠 때 하는 말 중에 축구에 대한 것이 있다.

"축구에서 골을 넣는 방법은 간단하다. 공격수가 수비수를 제치면 되는 것이다."

이 무슨 황당한 말일까. 너무도 당연한 이 말이 무슨 굉장한 깨달음인 양 나는 수없이 해왔다. 아마 앞으로도 하게 되리라 보고 있으니, 이상하다면 이상한 노릇이다. 그렇다고 내가 축구를 해본 적이 있기라도 하단 말인가. 기껏해야 고등학교 시절 체육 시간에 하는 수 없이 허수아비처럼 너풀거리다가, 앞에 온 공도 헛발질로 감당했던 내가 아닌가. 나는 그 폼이 스스로도 한심해서 식은땀이 날 지경이었다.

그런데 이 소설을 읽으면서 단순히 축구를 벗어나 내 인생의 길까지 더듬어볼 기회를 갖게 된 것은 왜일까. 무심코 읽어가던 나는 다음과 같은 한마디 말에 그만 정신을 바싹 차린다.

"기본기를 배워야 해요. 그 스피드에 기본기만 받쳐준다면 최고예요. 학교 축구요? 가보세요. 기본기 안 해요. 그저 게임만 뛰어요. 그렇게 게임만 뛰면 뭐 해요?"(40쪽)

이런 말이 여기 있다니. 나는 놀라지 않을 수 없었다. 이 말이야말로 축구에만 해당되지 않고 우리 삶 모든 곳에 공통되는 '기본기'이기 때문이다. '사람들에게 물고기를 주기보다 물고기 잡는 법을 가르쳐주라'고 한 교훈을 되새기고 있지 않은가. 그런 가운데 나는 축구경기를 보고 결과만 알고자 했던 태도에서 벗어나 이 소설 곳곳에 깃들어 있는 여러 가지 교훈을 배웠다.

공부와 마찬가지로 운동도 매일, 꾸준히 성실히 해야만 뒤처지지 않았다. 물론 천재도 있다. 예술가나 수학자, 과학자에게만 천재가 있는 건 아니다. 타고난 재능에 성실함과 노력으로 빛나는 축구 스타들은 얼마나 많던지. 그들의 자서전에서 화려한 사진과 함께 피나는 연습을 읽었다. 그래서 천재는 태어나는 게 아니라 만들어진다는 말에 희망을 품었다.(105~106쪽)

돼지 코치님은 화이트보드에 오십-삼십-이십이라고 크게 썼다.

"이게 무슨 뜻인지 알겠어?"

돼지 코치님이 우리를 보고 물었다. 우리는 모르는 게 당연하다는 듯이 한꺼번에 고개를 저었다.

"공부 좀 해라."

돼지 코치님은 어차피 기대하지도 않았다는 표정이었다.

"우리가 축구를 하는 데 정신력이 오십, 실력이 삼십, 운이 이십이라는 말이야."

코치님은 우리들을 훑어보았다.

"우~ 우."

우리는 코치님을 야유했다.

"그게 문제라니까. 왜 자신을 믿지 않아? 정신력, 실력, 운에 조건이 있어? 키는 몇이어야 하고, 얼굴은 잘생겨야 되고, 집은 부자야 한다는 조건이 있느냐고?"

코치님은 열변을 토했다. 우리는 한순간 엄숙해졌다.

"모두 자기 자신에게 달려 있는 거야!"

돼지 코치님이 정말 달라졌다. 예전의 돼지 코치가 아니었다. 코치님은 계속 얘기했다. 나는 땅콩을 쳐다보았다. 그 순간 눈이 마주쳤다. 나는 얼른 눈을 내리깔았다.

'희망적인 말 아닌가.'

내 귀에는 다른 어떤 말도 들리지 않았다. 운은 나도, 다른 누구도 어쩔 수 없는 것이다. 하지만 정신력과 실력은 모두 나에게 달려 있었다. 오로지 나만이 할 수 있을 뿐이다. 내가 팔십을 가진 사람이 된 것 같았다.(116~117쪽)

'천재는 태어나는 게 아니라 만들어진다'는 말이나 이미 '팔십을 가진 사람'인 나에 대한 깨달음은 우리 모두가 어떻게 살아야 하는가에 대한 대답이기도 하다. 이것은 나의 문학 강연에도 그대로 쓸 수 있는 말이다. 이런 교훈 속에 주인공인 '나'는 좌절을 떨쳐버리고 다시 공을 차게 된다. 다음과 같은 주인공의 깨달음은 아픔이면서도 아름다움이다.

나는 공을 차는 인생을 선택했다. 내 인생은 오로지 그 길을 가는 것이라고 믿었다. 한 가지를 선택한다는 것은 많은 것을 포기한

다는 의미이기도 했다. 그 정도는 감수할 수 있었지만 인생이라는
게 마음대로 되지는 않는다는 걸 어렴풋이 깨달았다.(131~132쪽)

축구에 '올인'하는 '나'와 가족들의 삶을 통해 우리나라 학생체
육의 현실과 선수들이 운동을 하며 스스로를 단련하는 과정까지,
내가 예전부터 운동선수에게 궁금해 했던 점들을 구체적으로 알
수 있었다. 그리고 스포츠에 경도해 있는 청소년들뿐만 아니라 인
생을 배우며 살아가고 있는 모두에게 던지는 다음과 같은 메시지
를 나는 다시 읊조린다.

"축구를 즐기라는 거지. 그러다보면 축구가 재밌고 좋은 경기를
하게 될 거야."
양키 감독님의 저 말이 진심인지 알고 싶었다. 경기의 내용이 아
무리 좋더라도 지면 그걸로 끝이었다. 이기지 못하면 어떤 기분인
지 감독님은 충분히 알지 않을까.
감독님 얘기는 너무나 이상적이었다.
"최악의 선수는 자기가 골을 넣는 거에만 신경 쓰지만, 최고의
선수는 자기가 골을 넣는 거에만 신경 쓰지 않는다."(184쪽)

작가의 말

아주 오랫동안 쓴 글이다. 처음 글을 쓰기 시작한 곳은 막 공사를 끝낸 합정동 사무실이었다. 책상 두 개와 구식 컴퓨터가 있는, 온풍기가 너무 옆에 있어서 혹시 불이 날까봐 무섭기도 했던 작은 사무실. 시멘트 냄새를 빼기 위해 창문을 열면 바로 앞 건물의 공사장 인부들과 얼굴이 마주쳤다. 공사장 소음이 하루 종일 귀를 괴롭히고 창문을 열 수 없었던 그곳에서 원고지에 글을 썼다.

점심을 먹으려고 중국집으로 가는 길모퉁이, 편의점 근처는 아이돌 스타를 기다리는 여학생들로 늘 북적거렸다. 한겨울인데도 스타킹에 짧은 치마를 입은 여학생들은 조잘대다가 누군가 나타나기만 하면 소리를 지르고 뛰어갔다. 유리로 된 건물의 삼 층에서는 음악을 틀어놓고 춤 연습을 하는, 나는 이름도 모르는 댄스 가수들이 보였다. 누군가에게, 그 무엇에, 무작정 열정을 쏟아붓는 그들이 부럽고 부러웠다.

　처음부터 이 소설을 쓰려고 했던 것은 아니었다. 다시 시작하는 소설은 좀 더 쉽게 쓰고자 했던 게 나를 오랫동안 잡아두었다. 결국 축구를 한 아들을 쫓아다녔던 경험과 소설 사이에서 많은 시간이 필요했다. 나는 부상을 딛고 일어서는 운동선수를 통해 희망을 얘기하고 싶었다.

자기의 꿈과 목표를 위해 오늘도 외롭게 걸어가는 청소년들에게, 운동을 하면서 여러 고난을 받아들여야 하는 연약한 청소년들에게, 지금도 운동장에서 거친 숨을 몰아쉬며 뛰고 있는 축구선수들에게, 그리고 자식과 함께 그 모든 것을 나누고 인내하는 부모님들께도, 조금이라도 위안이 되기를…….

　감사한 분들이 너무 많지만 일일이 밝혀두지 않아도 내 마음이 전해지리라 믿는다.

하프라인

ⓒ 김경해, 2011

초판 1쇄 발행일 | 2011년 8월 17일
초판 5쇄 발행일 | 2023년 6월 1일

지은이 | 김경해
펴낸이 | 정은영
펴낸곳 | (주)자음과모음

출판등록 | 2001년 11월 28일 제2001-000259호
주   소 | 10881 경기도 파주시 회동길 325-20
전   화 | 편집부 (02)324-2347, 경영지원부 (02)325-6047
팩   스 | 편집부 (02)324-2348, 경영지원부 (02)2648-1311
E-mail | jamoteen@jamobook.com

ISBN 978-89-544-2655-8 (43810)